THE BALLAD OF THE SAD CAFE

傷心咖啡館之歌

卡森・麥卡勒斯
CARSON MCCULLERS
趙丕慧 譯

推薦

偏愛也許是不講道理的……

我至今說不清楚我對這部小說的偏愛是出於藝術評判標準，還是其他似是而非的標準，偏愛也許是不講道理的，可以懷疑的一點是：我對那類仿哥德式小說有本能的興趣，這是一個曾經鍾情於偵探小說的青年人覺醒之後的合理延續。

小鎮酒館「有錢的愛蜜莉亞小姐」，「貧困潦倒的駝子表哥李蒙」組合成一個充分滿足獵奇心的舞台（儘管現在看來都是一個典型的美國南方小鎮舞台）。百葉窗開開合合，室內光線陰暗，女主人「臉上有一種嚴峻粗獷的表情」，而且「有點斜眼」，性格乖僻對人充滿敵意，男主人是個無家可歸的可憐駝子，他甚至不知道自己的年齡，舞台邊緣站著永遠無所事事蜚短流長的小鎮人。

這樣一個舞台，上演什麼樣的戲合適？當然是一齣陰鬱怪誕神祕恐怖的戲（多少帶有一點血腥味的），哥德式小說的圈套誘惑你懷著低級的嚮往期望著什麼，但漸漸地你發現所有的主題都被巧妙地偷換過了，陰鬱怪誕的是愛蜜莉亞小姐對駝子熱烈的愛情，神祕恐怖的是駝子李蒙表哥的內心世界，沒有謀殺，但有比謀殺更加殘酷的羞辱與背叛，沒有血腥味，但有比死人更傷心的結局。我想這也是英年早逝的卡森・麥卡勒斯小姐給這部小說取名的由來。

——（摘自《一生的文學珍藏：影響了我的二十篇小說》）

蘇童

中國當代著名小說家。現居南京。曾任雜誌《鍾山》編輯，目前為中國作家寫作協會江蘇分會駐會專業作家，為中國先鋒派新寫實主義代表作家之一，著有《妻妾成群》（張藝謀改編為電影「大紅燈籠高高掛」）、《米》、《一九四三年的逃亡》、《武則天》、《我的帝王生涯》、《碧奴》、《河岸》等小說。《河岸》獲得二〇〇九年曼氏亞洲文學獎（Man Asian Literary Prize）

傷心咖啡館之歌

她每晚坐在前門台階上，孤零零的一人，一言不發，俯瞰著馬路，等待著。

小城冷冷清清的，實在沒什麼看頭；唯有一家紡織廠，一些僅有兩房的屋宇供勞工住宿，幾棵桃樹，一座有雙色窗的教堂，還有一條人車稀少的大街，說是大街可是只有一百碼長。到了週六，附近農場的佃農會進城來交易聊天，除此之外，整個小城寂寥悲傷得很，像是窮鄉僻壤，和世上的其他地方都隔絕了音訊。最近的火車站在社會市，灰狗巴士和白巴士也只行駛三哩外的佛克斯瀑布路。這裡的冬天雖短，卻是冷冽砭骨，夏天則酷熱難當。

若你在八月某天下午走在大街上，根本無事可做。最大的建築在小城正中央，整棟都用木板給釘死了，屋子向右偏斜得厲害，看起來隨時都會倒塌。這棟屋子很舊了，總莫名其妙透著一種破裂的感覺，讓人摸不透是怎麼回事，猛然間會發現房子前廊的右側曾在許久許久之前粉刷過，部分的牆壁也是——不過油漆沒刷完，所以屋子分成了兩半，一半比較陰暗骯髒。這棟屋子一絲人氣也沒有。倒是二樓有一扇窗沒用木板釘死；到了近黃昏的時間，那時的天氣最熱，會有一隻手緩緩推開窗板，一張臉會俯視小城。那張臉就像是夢中常見的恐怖朦朧的臉孔——性別不明、慘白白的，兩隻灰色交叉的眼睛，鬥雞似的，像是在交換什麼祕密又冗長的哀悽眼神。這張臉孔會在窗前流連個一小時左右，接著窗板又一次關上，而通常大街上也是一個人影都沒有。這些個八月的午後——等你值完了班，眞的是無所事事；乾脆走到佛克斯瀑布路去聽那些鎖在一塊服外役的犯人腳上的鐵鍊鏘鎯響算了。

不過可別小看了這個地方，在這座小城裡曾經開過一家咖啡館。而這座用木板釘死的老屋子曾有過的繁華也不是方圓數哩之內的任何地方比得上的。這裡曾有覆著桌布、擺著餐巾的餐桌，五彩繽紛的彩帶隨著電扇向四方飄送，週六晚上高朋滿座。咖啡館的主人是愛蜜莉亞·伊文斯小姐，但是讓這地方生意興隆的人卻是一個駝子，叫做李蒙表哥。另一個在咖啡館故事裡也參了一腳的人是愛蜜莉亞小姐的前夫，他是個壞胚子，在監獄關了好長一段時間之後，回到小城，興風作浪，大肆破壞，隨後又拍拍屁股上路了。從此之後，咖啡館就歇業了，但是大家仍念念不忘。

咖啡館之前並不是咖啡館。愛蜜莉亞小姐從她父親那兒繼承了這棟屋子，原本是一家商店，主要販賣飼料、鳥糞石、民生必需品，諸如粗粉和鼻煙。愛蜜莉亞小姐很富有。除了這家雜貨店之外，她還在小城後頭三哩的沼澤區裡弄了個蒸餾酒坊，出產本郡最上等的烈酒。她這個女人的皮膚黑，身材高，骨骼和肌肉像男人，頭髮剪得短短的，向後梳，露出額頭，而她日曬的臉龐有一種緊繃的、憔悴的特質。要不是她微微有些鬥雞眼的話，當年的她是可以算得上標致的。有不少人想追求她，但是愛蜜莉亞小姐不稀罕男人的情愛，始終是孤家寡人一個。她的婚姻也跟本郡其他人的婚姻都不同——那是一場離奇的、危險的婚姻，只維持了十天，震驚了整個小城，人人都猜不透原因。除了這一次詭異的婚姻之外，愛蜜莉亞小姐一直都獨居。她經常躲在沼澤區的小棚子裡好幾個晚上，穿著工作服和橡膠長靴，默默的看著蒸餾房的火。

愛蜜莉亞小姐就是這麼靠著一雙手致富的。她在附近的小鎮販賣小腸和香腸。秋天天氣好的時節，她研磨高粱，而她桶子裡的糖漿是暗金色的，甜香味美。她只花了短短兩週的時間就在她家店鋪後頭蓋了一間磚廁所，而且她的木工手藝也十分高明。愛蜜莉亞小姐最不拿手的一件事就是和人打交道，除非是隨性所至或是重病在身的人，否則人這種東西是不能放到手上，一夕之間轉變成有利潤的東西的。所以一般人對愛蜜莉亞小姐唯一的功用就是可以讓她從他們那兒賺到錢，而且她在這方面相當的成功。以農作物和地產抵押放債，一間鋸木廠、銀行的存款——方圓幾哩之內沒有人比她更富有。要不是她唯一僅有的小缺點，也就是她對法律訴訟及上法庭的癮頭，她甚至可以是一位富有的國會議員。她可以爲了一樁芝麻綠豆大的小事纏訟許久。據說愛蜜莉亞小姐就算是走在馬路上被石頭絆了一下，她都會立刻東張西望，看有沒有什麼可以讓她告上法庭的。撇開這些法律訴訟不談，她的生活平靜無波，每一天都和前一天差不多。除了那一場爲期十天的婚姻之外，她的生活都沒有什麼變化，但是在愛蜜莉亞小姐三十歲的那年春天，事情不一樣了。

那是四月裡一個寧靜的晚上，將近午夜時分，天空是藍色沼澤的虹彩色，月兒又清楚又透亮。田裡的莊稼欣欣向榮，幾週來紡織廠晚上也忙個不停。小溪下游那間方形的磚製工廠亮著黃澄澄的燈光，模糊的織布聲不斷地響著。這樣的夜晚最適合聽見在漆黑農田的另一邊，某個黑鬼緩緩哼著歌，準備要去跟情人幽會。不然一個人靜靜坐著，撥弄吉他也不錯，再不獨自一個人休息，什麼也不想也是一宗樂事。那晚街上一個人也沒有，可是愛蜜莉亞小姐的雜貨鋪卻點著燈，門廊上還站了五個人，其中之一是史當皮．麥克菲，他是個工頭，長了一張紅臉，一雙手卻很嬌小，泛著紫色。站在門廊最上層階梯上的是兩個男孩，雷尼家的雙胞胎，兩個都瘦瘦長長的，反應遲鈍，白色頭髮，綠眼惺忪。再一個人是亨利．梅西，他是個害臊膽怯的人，溫吞吞的個性，還喜歡窮緊張，坐在最底層的階梯上。愛蜜莉亞小姐自己則倚著敞開的門，雙腿交叉，腳上蹬著一雙大沼澤靴，很有耐性地解開一根她隨手拾到的繩子。五人有很長一陣子都沒開口。

雙胞胎中的一個拿著啤酒，看著空盪的街道，第一個出聲。「我看見有東西朝這兒來了。」他說。

「是走失的小牛。」他的兄弟說。

路上的形影仍然太遠，無法辨識。月亮把路旁開花的桃樹照得陰影扭曲，空氣中有桃花和春草的甜香，混合了附近沼澤烘烘暖的酸味。

「不對，是哪家的小鬼頭。」史當皮．麥克菲說。

愛蜜莉亞小姐默默盯著馬路，已經放下了繩子，用褐色見骨的手撫弄著工作服的帶子。她皺著眉頭，一綹黑髮落在額頭上。眾人正屏息以待，某家養的狗狂吠了起來，一直吠到某人大吼，制止了牠。他們直等到路上的形影進入了門廊黃光的範圍，才看清楚來者是什麼。

那是個生人，這種深更半夜的時候有個生人徒步走進小城可是很稀罕的事情。再者，那人還是個駝子，大概只有四呎多一點點，他的大衣破爛褪色，只遮到膝蓋。兩條彎曲細瘦的腿似乎撐不住歪扭的大胸膛以及兩肩上的腫塊。他的頭非常大，兩眼凹陷，眼珠是藍色的，嘴巴倒是又小又輪廓分明。那張臉孔同時給人溫和又無禮的感覺——眼前他蒼白的皮膚被塵土給弄成了黃色，眼睛下方還有兩圈淡紫色的眼圈。他提著一邊重一邊輕的舊手提箱，是用繩子綁住的。

「晚安。」駝子說，聽得出上氣不接下氣。

愛蜜莉亞小姐和門廊上的人既沒有出聲招呼，也沒有答腔，只是一逕瞪著他。

「我要找愛蜜莉亞・伊文斯小姐。」

愛蜜莉亞小姐把額頭上的頭髮向後推，抬高下巴。「爲什麼？」

「我跟她是親戚。」駝子說。

雙胞胎和史當皮・麥克菲都抬頭看著愛蜜莉亞小姐。

「我就是，」她說。「你說親戚是什麼意思？」

「因爲——」駝子開口，一臉的不安，彷彿隨時都會哭出來。他把行李箱放在最底層的台階上，但是仍握著把手。「我母親是芬妮・基瑟普，她是奇霍人。大概三十年前嫁給第一任丈夫之後就離開了奇霍。我記得聽她說過她有個同父異母的妹妹，叫瑪莎的。今天我到奇霍打聽，他們說瑪莎是妳母親。」

愛蜜莉亞小姐聆聽他解釋，腦袋偏向一邊。她一個人吃週日晚餐，她的房子從來沒有被一票親戚給擠滿過，而且也從來不跟別人沾親帶故。她在奇霍是有個姨婆擁有一家出租馬廄，可是那位姨婆也過世了。除此之外就只有一個一等親住在二十哩外的城鎮，但是這個表親和愛蜜莉亞小姐處得不好，若是偶然在路上碰見，他們都會朝路邊吐口水。不時會有人使盡了心機想跟愛蜜莉亞小姐攀親戚，不過沒有一個人得逞。

駝子開始拉拉雜雜的長篇大論，提起一堆的姓名地名，門廊上的聽眾聽的是一頭霧水，覺得跟眼前的主題好像搭不上邊。「所以芬妮和瑪莎．基瑟普是同父異母的姐妹，而我是芬妮第三個丈夫的兒子。這麼一來，妳跟我就是——」他彎腰，動手解開行李箱。他的手就像是骯髒的鳥爪，還抖個不停。箱子裡裝滿了各式各樣的垃圾——破爛的衣服，怪模怪樣的廢物，像是從縫紉機上拆下來的零件，反正就是壓根沒用的玩意就對了。駝子在這些東西裡翻來找去，掏出了一張舊照片。「這是我媽和她妹妹的照片。」

愛蜜莉亞小姐一聲不吭，只是慢吞吞的左右扭動著下巴，從她的臉色你也知道她腦子裡轉著什麼念頭。史當皮．麥克菲把照片拿過來，移向光源。照片上是兩個蒼白弱小的小孩，一個兩歲，一個三歲左右。但是臉孔只是模糊的兩團白，隨便哪一家的相簿都能找出這麼一張相片來。

史當皮．麥克菲把照片還給他，並沒有多嘴。「你是打哪兒來的？」他只這麼問。

駝子的聲音不是很穩。「我處處爲家。」

愛蜜莉亞小姐仍是一聲不吭，兀自倚著門框，俯視著駝子。亨利．梅西緊張兮兮的眨眼睛，揉搓著手，沒多久就靜悄悄從最底層階梯離開，消失了蹤影。他是個好人，駝子的處境打動了他的心，所以他不想留下來看愛蜜莉亞小姐把這個外來客趕出她的產業，驅逐出小城。駝子站在階梯底，行李箱打開來；他吸吸鼻子，嘴唇顫抖。或許是他也感覺到自己騎虎難下，也許他是明白了提著一箱的垃圾闖入一座陌生的小城，還聲稱是愛蜜莉亞小姐的親戚是一件多可悲的事。無論是哪個緣故，反正他在階梯上坐了下來，突然哭了出來。

半夜三更一個駝子走到雜貨鋪來，又坐下來放聲大哭，這可不是每天可以看見的事。愛蜜莉亞小姐把額頭上的頭髮推到後面，幾個男人面面相覷，很不自在。小城四周一片寂靜。

最後雙胞胎中的一個說話了：「他要不是個道地的莫瑞斯．費奈斯坦，我頭給你。」

人人都點頭附議，因爲這句話是有特殊含意的。但是駝子卻哭得更大聲，因爲他一點也聽不懂他們在說什麼。莫瑞斯．費奈斯坦是多年前小城的居民，是個猶太人，只要你罵他是殺害基督的兇手，他就會哭，而且他每天都吃酵母麵包和罐頭鮭魚。他後來發生了不幸，搬到社會市去了。從此之後，凡是有人太拘謹討厭，或是大男人愛哭，就會被叫做莫瑞斯．費奈斯坦。

「哎，他情況特殊，」史當皮．麥克菲說，「那也是情有可原。」

愛蜜莉亞小姐只緩緩跨了兩大步，就越過了門廊。她步下階梯，看著陌生人，若有所思。她伸出一根修長的褐色食指，極其小心的碰了碰他背上的腫塊。駝子的哭聲仍未停止，但是聲音變小了。夜晚很安靜，月亮放射出柔和清澈的光芒——天氣愈來愈冷了。接著愛蜜莉亞小姐做了一件奇怪的事；她從後面口袋裡掏出了一個瓶子，用手掌把頂端擦乾淨後，遞給了駝子喝。愛蜜莉亞小姐很少會因爲心軟就讓人賒欠酒錢，要讓她免費送一滴酒給誰喝都是異想天開。

「喝，」她說，「喝了你的沙囊會舒服一點。」

駝子止住了哭聲，舔乾了嘴巴四周的眼淚，乖乖聽話。等他喝完，愛蜜莉亞小姐也慢慢喝了一口，用酒漱口，再吐出來，接著她又喝了一口。雙胞胎和工頭都有他們自掏腰包買來的酒。

「這酒很順口，」史當皮·麥克菲說。「愛蜜莉亞小姐，我從來就沒看妳失敗過。」

這天晚上他們喝的兩大瓶威士忌很重要，要不是這兩瓶酒，接下來也就沒有故事可講了。說不定少了這兩瓶酒，咖啡館根本就不會開張。因爲愛蜜莉亞小姐的烈酒自有它的獨到風味，酒色清澈，在舌尖很辛辣，可是一旦進了肚子，可以在一個男人的體內發光發熱很長一段時間，還不僅如此呢。據說用檸檬汁在乾淨的紙上寫字，字跡可以隱形。可是把紙拿近火邊，字跡就會變褐色，寫下來的那句話就一覽無遺。好，發揮一下想像力，愛蜜莉亞小姐的威士忌是火，而那句話寫的是唯有男人的靈魂才知道的事情——這樣你就能了解愛蜜莉亞小姐的烈酒有多值錢了吧。無人注意的事，隱藏在黑暗心靈遙遠角落的思想，驀然間都被認了出來，解讀了出來。當織工的滿腦子只想著織布機、便當、床鋪、接著又是織布機——假設這個織工在禮拜天喝了幾口酒，遇見了一朵沼澤百合。他可以把花握在手掌心裡，細看金黃嬌美的花，猛然間心中竄過一種近似痛苦的甜美滋味。這個織工可能會猝然抬頭，開了眼似的看著寒冷的、詭異的一月天空在午夜綻放色彩，一種天地悠悠而自身何其渺小的感覺讓他在深受驚嚇之餘心臟停止。像這類的感覺在一個男人喝了愛蜜莉亞小姐的酒之後就會發生。他可能會受苦，他也可能會樂得四肢無力——但是這種經驗卻道出了眞理；他的靈魂得到了溫暖，他看見了隱藏的信息。

他們直喝到午夜已過，月亮也被雲遮住，晚上變得又冷又暗。駝子仍坐在底層階梯上，悲慘的彎著腰，額頭抵著膝蓋。愛蜜莉亞小姐雙手插在口袋裡，一腳踩著階梯的第二級。她有好長一段時間都沒有開口，表情跟一般微微鬥雞眼的人陷入深思時的表情差不多，就是同時顯得非常睿智也極其瘋狂的表情。最後她說：「我不知道你叫什麼。」

「我叫李蒙．威利斯。」駝子說。

「好，進來吧，」她說。「爐子上還剩了點晚飯，你可以吃。」

愛蜜莉亞小姐這一生中只有少數幾次邀請別人同她一起吃飯，而她不是想要騙他們什麼，就是想從他們身上撈錢。所以門廊上的男人都覺得不對勁。稍後他們彼此竊竊私語說她一定是在沼澤裡喝了一下午的酒。不管是什麼原因，反正她離開了門廊，而史當皮．麥克菲和雙胞胎也各自歸家。她拴好了前門，四處看了一遍，確定貨物都井然有序，然後就進了廚房。廚房是在雜貨店的後面。駝子跟著她，拖著行李箱，一面吸鼻，一面用骯髒的大衣袖子擦鼻子。

「坐下，」愛蜜莉亞小姐說。「我來把剩菜熱一熱。」

那晚兩人共進的晚餐很豐盛。愛蜜莉亞小姐是有錢人，她在吃的方面並不小器。菜色有炸雞（駝子把雞胸肉叉進了自己的盤子裡）、瑞典蕪菁泥、羽衣甘藍，還有滾燙的淡金色地瓜。愛蜜莉亞小姐吃得很慢，跟農夫一樣吃得津津有味。她吃飯兩隻手肘都架在桌上，俯對著盤子，兩個膝蓋分得很開，兩腳踩在椅子的橫檔上。至於駝子呢，他狼吞虎嚥，活像幾個月連飯香味都沒聞過。吃飯時，一顆眼淚滾落他骯髒的下巴——不過那只是剛才那陣哭泣的殘淚，沒有任何意義。餐桌上的燈光調整得很適當，燈芯邊緣燒出藍光，讓廚房籠罩在歡欣的光芒中。愛蜜莉亞小姐吃完飯後，拿了片酵母麵包小心翼翼把盤子抹乾淨，再把她自製的糖漿澆在麵包上。駝子也依樣畫葫蘆——只不過他比較挑剔，要求換個新盤子。吃完飯後，愛蜜莉亞小姐把椅子向後歪，握緊拳頭，感覺到乾淨的藍色襯衫袖子下右臂的肌肉結實有彈性——這是她無意識的習慣，每餐飯後都會做上一遍。接著她拿起餐桌上的燈，朝樓梯歪了歪頭，算是邀請駝子跟上。

雜貨鋪的樓上有三個房間，愛蜜莉亞小姐在這裡住了一輩子——兩間臥房，臥房之間有個大客廳。這三個房間很少人見過，可是大家都傳說房間裝潢得很華美，而且一塵不染。而此刻愛蜜莉亞小姐卻把一個髒兮兮的小駝背陌生人，天知道是打哪兒冒出來的，給帶了上樓。愛蜜莉亞小姐走得很慢，一次跨兩階，高舉著燈。駝子跟得太近，照在牆上的影子成了一個扭曲的怪影。沒有多久，店鋪上方的房間也像小城其他地方一樣漆黑了。

隔天早晨寧靜無事，朝陽散發出紫色融合玫瑰紅的色彩。小城四周的農田才剛犁過，佃農一大清早就下田幹活，把深綠色的菸草幼苗給種上。野鴉飛得很低，貼近農地，飛過之處就會出現快速移動的藍色影子。小城裡大家提著飯盒離開家門，紡織廠的窗戶被陽光一照金黃得刺眼。空氣很清新，滿樹的桃花讓桃樹像三月的雲朵一樣輕。

愛蜜莉亞小姐和往常一樣大約是黎明即起。她在幫浦那兒洗了頭，很快就開店營業了。稍後，她給騾子上鞍，去視察她的產業，在佛克斯瀑布路上頭，種了棉花。到了中午，不用說小城的人全都聽說了駝子在三更半夜找上了雜貨鋪的事。可是目前還沒有人看到他。白天的氣溫很快升高，天空變成了日正當中的豔藍，可是還是沒有人看見這名陌生的訪客。有些人想起了愛蜜莉亞小姐的母親是有一個同父異母的姐妹——但是她究竟是過世了，抑或是跟某個菸草記者跑了，卻是眾說紛紜。至於駝子的說法，人人都認爲是吹牛。而小城居民，深知愛蜜莉亞小姐的個性，都斷定她在餵飽他之後就會把他趕出去。可是傍晚都快到了，天空變白，一天的活也幹完了，有個女人卻說在雜貨鋪樓上窗戶看見了一張扭曲的臉。愛蜜莉亞小姐倒是什麼也沒說。她在店裡照顧了一會兒生意，跟一個農夫為了一條犁過的溝爭了一個小時，修理了雞圈鐵絲網，夕陽西下時鎖門打烊，上樓去了。小城居民完全糊塗了，七嘴八舌討論開來。

隔天愛蜜莉亞小姐沒有開店，而是鎖在樓上，誰也不見。這一天就謠言四起了，而且謠言傳得太難聽，整個小城和鄰近的地區無不駭然變色。謠言是由一個名叫默利·萊恩的人先傳開來的。他不是個什麼有分量的人——蠟黃的臉，步態蹣跚，嘴裡一顆牙也不剩。他染上了三日瘧，也就是說每三天就會發高燒。所以有兩天時間他委靡不振、脾氣乖戾，第三天他倒活了起來，有時候還能想出一兩個點子，當然大部分都是餿主意。所以就是在默利・萊恩發燒的當口，他突然轉過身來說：

「我知道愛蜜莉亞小姐幹了什麼。她把那個男的宰了，爲的是他箱子裡的東西。」

他說話的語氣很平靜，彷彿說的就是事實。不到一個小時，消息橫掃小城。那天小城醞釀的故事殘忍變態，舉凡讓你聽了連心臟都會發抖的成分無一不缺：一個駝子，半夜被埋在沼澤裡；愛蜜莉亞小姐被拖著走過小城的大街小巷，拖到監獄去關起來；大家爲了她的產業會落到誰家而吵嚷不休——但是這些話都是壓低聲音說的，每次重複就會再多添點稀奇古怪的細節。下雨了，婦女卻聊得忘了把曬在屋外的衣服收回來。有一兩個居民欠愛蜜莉亞小姐錢的，甚至還穿上了週日的衣服，彷彿是在放假。居民聚集在大街上，吱吱喳喳，盯著店鋪。

要說整座小城都加入了這一個邪惡的慶祝會的話，就有點誇大其詞了。有些理性的人推斷愛蜜莉亞小姐既然那麼富裕了，當然不會爲了不值錢的垃圾冒險去謀殺一名流浪漢。小城裡甚至有三個好人，他們不願意這樁罪行發生，就連謀殺可以刺激大家的興趣、引起大騷動，他們都不願它發生；想到愛蜜莉亞小姐抓著監獄的鐵欄杆，在亞特蘭大被送上電椅，他們一點也不覺得快樂。這三個好人跟別人不一樣，他們用不同的觀點來評斷愛蜜莉亞小姐。一個人若是像愛蜜莉亞小姐一樣在每方面都跟別人相反，一個人的罪惡若是多到別人沒辦法一次全部記住，那麼對這個人就必須要有特別的判斷。他們記得愛蜜莉亞小姐一出生就很黑，臉部有些怪異，由她那個孤獨的父親一手帶大，小小年紀她就已經長到六呎二吋高，對女人來說這樣的身高一點也不自然，而且她的行爲模式和習慣也太過特殊，連用公允的態度來理性分析其原因都沒辦法。再說，他們都記得她令人迷惑的婚姻，那可是小城有史以來最讓人猜想不透的醜聞。

因此這幾個好人對愛蜜莉亞小姐產生了一種近似憐憫的感情。等她出來處理外務，諸如衝到一戶人家去，拖出一架縫紉機抵債，或是又攬了一件涉及法律的小事，他們對她的感覺融合了氣惱，心中一股荒謬的痲癢，還有深沉的、難以名狀的悲哀。哎，算了，別提這些好人了，反正數來數去也不過就三個；倒是小城其餘的人這整個下午就爲了一樁純屬想像的罪行簡直樂翻了天。

也不知是爲了什麼，愛蜜莉亞小姐對這件事似乎是毫無所覺。她白天大多時間都待在樓上，下樓到店裡照顧生意的話，也是平靜地到處遊蕩，雙手插在工作服口袋裡，頭低低的，下巴都埋進了襯衫領子裡。她的周身上下都看不到血跡。她經常會停下來，肅穆的站著，俯視地板上的裂痕，扭絞一綹短短的頭髮，低聲喃喃自語。但是白天大多時候她都待在樓上。

夜幕降臨。下午的一場雨降低了氣溫，傍晚蕭瑟寒冷，倒像是冬天。天上不見星光，一陣冰冷的細雨灑落大地。從街上看去，家家戶戶的燈都明滅不定，像在哀悼。除了下雨還颳起了風，不是從小城側面的沼澤吹來的，而是從北邊漆黑冰冷的松林吹來的。

小城的鐘敲了八下。仍舊是什麼事也沒有。七嘴八舌、熱熱鬧鬧了一天之後，悽愴的夜讓某些人懼怕，都待在家裡的爐火邊。其他人則三五成群聚在一起。愛蜜莉亞小姐的門廊上麇集了八到十個人，沒有人講話，真的只是在門廊上等待。但是他們本人也說不上來是在等待什麼，不過是這樣的：情勢緊張的時候，某個大行動即將展開，大家就會聚集起來，屏息以待，就和此刻的情況一樣。過了一陣子，他們全體會在某一瞬間一塊動了起來，不因某人的想法或意志，而是彷彿他們的本能都匯聚在一起，所以付諸行動的決定並不屬於某個特定的人，而是這個群體。在這種時候，沒有一個人會遲疑，而這聯合的行動是否會導致洗劫、暴力、犯罪，就只能聽憑天意了。所以這群人嚴肅地在愛蜜莉亞小姐的門廊上等待，沒有一個人曉得會怎麼做，只是內心知道必須等待，而行動的時機就在眼前了。

就在此時，店門打開了，裡頭明亮，看來很自然，左邊是櫃檯，擺放著一片片厚厚的禽肉、岩糖、菸草，後面是一架架的鹽醃禽肉和粗粉。店鋪的右邊大都堆滿了農具之類的貨品。店面的後邊靠左的地方是樓梯間，門是敞開的。最右邊往裡是愛蜜莉亞小姐稱爲辦公室的小房間，房門也是敞開的。這天晚上八點，愛蜜莉亞小姐就坐在頂蓋可以捲起的書桌前，拿著一枝自來水筆在算帳。

辦公室的燈光明亮，愛蜜莉亞小姐似乎沒注意到前廊上的人群。她的四周一切都井井有條，跟平常一樣。這間辦公室可以說是遠近馳名，不過馳的是惡名。愛蜜莉亞小姐就是在這間辦公室裡完成各種買賣。書桌上有一架小心覆蓋住的打字機，她懂得怎麼使用，但是只有最重要的文件才能讓她動用這架打字機。而抽屜裡的文件眞的有上千份，根據字母順序排列。愛蜜莉亞小姐也在這間辦公室裡招呼生病的人，因爲她喜歡當醫生，時常無照行醫。整整兩個架子放滿了瓶瓶罐罐和各式各樣的用具，挨著牆根還擺了一張長椅，讓病人坐著候診。她可以拿根燒燙的針縫合傷口，以免傷口變綠。而治療燙傷她用清涼的糖漿。至於各種疑難雜症，她也有各種不知打哪兒弄來的祕方調製的草藥，這些草藥是整腸妙方，可是不能讓兒童服用，因爲草藥的副作用是會有嚴重的痙攣；治療兒童她有另一種藥方，藥性較溫和，味道也比較甜。是的，整體而言，她算是個好醫生。她的手，儘管又大又瘦得見骨，卻自有其靈巧的一面。她的想像力豐富，使用的療法有上百種。面對最危險最奇特的療法，她毫不猶豫，沒有什麼疾病可怕到她不願去治療的，不過只有一個例外。要是病人患的是婦女病，她就束手無策了。說眞的，只要一聽到這幾個字，她就會因羞慚而臉色逐漸變暗，而她會杵在那裡，伸長著脖子，或是腳上的兩隻沼澤靴不停的磨蹭，活像是一個遭受奇恥大辱、啞口無言的小孩子。但是換成了別的病症，大家都信賴她。她從不收診金，所以病人總是源源不絕。

這天晚上，愛蜜莉亞小姐拿著自來水筆不停地寫，即使如此，她也沒辦法不去注意到陰暗門廊上盯著她看的人群，所以她不時抬起頭來，直直的凝視他們。不過並沒有朝他們大吼，質問他們幹嘛像一群三姑六婆一樣在她的產業上探頭探腦的。她的神情驕傲嚴峻，跟她每次坐到書桌後的表情沒有兩樣。過了一會兒，他們盯著她看的那樣子似乎惹惱了她。她拿條紅色手巾擦臉，站了起來，關上了辦公室的門。

對於門廊上的那群人來說，門這一關就是一種訊號。時機來臨了。他們在門廊上守了很長的一陣子了，街上的夜冷冷清清的。他們等待了許久，而本能要他們行動的那一瞬間來臨了。說時遲那時快，七八個人彷彿一條心，都朝店裡移動。一時間，八個人似乎非常酷似——都穿著藍色工作服，多數人的頭髮染上了銀絲，都臉色蒼白，眼裡都有一抹作夢的眼神。誰也不知道他們的下一步會是什麼，可是就在這時，樓梯口傳出了聲響。八個人抬頭往上看，這一看驚得他們張口結舌。是那個駝子，那個在他們心中早被謀殺掉的駝子。而且，這小子跟他們心目中的形象也完全不一樣了：不再是可憐兮兮、骯髒不堪、喋喋不休、孤苦無依，在世上乞討為生的窩囊廢。說眞的，他變成了一個八人到現在為止還沒有見過的體面人。房間仍是一片死寂。

駝子緩緩下樓來，那份傲氣活像是腳下的每一片木板都屬於他似的。幾天過去，他有了極大的轉變。其中之一就是乾淨到了極點。他仍穿著那件小大衣，但是大衣刷洗過，也縫補過了。大衣下是一件嶄新的紅黑格子襯衫，屬於愛蜜莉亞小姐的。他穿的不是一般男人穿的長褲，而是一條貼身的及膝馬褲。瘦巴巴的腿上穿著黑色長襪，鞋子也是特製的，形狀很奇怪，鞋帶一直綁到腳踝上，而且才剛清理過，用蠟擦得亮晶晶的。他的脖子上圍著一條萊姆綠羊毛披肩，兩隻又大又白的耳朵幾乎整個埋了進去，披肩的流蘇差點要碰到地板。

駝子用他那種僵硬的小步伐下樓到店鋪裡，站到那群進店來的人中央。他們空出一塊地方，圍著他站，雙手垂在身側，眼睛瞪得老大。而駝子本人卻是一派的從容。他以水平的高度一個一個凝視這群人，這種高度只到一般人的腰際。接著以精明的審愼，他又一個一個檢查每個人的下半身——從腰看到鞋底。等到滿意了，他才閉上眼睛片刻，搖搖頭，似乎是在說以他看來這些人根本不算一回事。然後，帶著自信，純粹是爲肯定他自己，他把頭往後仰，環顧一圈，把四周的臉孔盡收眼底。店鋪的左邊有半袋鳥糞石，駝子發現得仰頭看人之後，就坐在這袋鳥糞石上。舒舒服服的坐好後，兩條小小的腿蹺成二郎腿，他這才從大衣口袋裡掏出了一樣東西。

闖進店裡的那些人花了一點時間才變得自在。那個發了三天高燒，第一個散布謠言的人默利．萊恩是第一個開口的。他看著駝子在把玩的東西，壓低聲音說：

「你手上那是什麼玩意？」

每個人都很清楚駝子手上的東西是什麼，那是個鼻煙壺，原本是愛蜜莉亞小姐的父親的。鼻煙壺是藍色琺瑯瓷，壺蓋上有金色花紋。這八人都見過鼻煙壺，所以心裡很是驚異，他們戰戰兢兢地瞄了緊閉的辦公室門一眼，聽見愛蜜莉亞小姐在吹口哨。

「對啊，那是什麼，小不點？」

駝子聞言抬頭，嘴巴一動，說話了：「哦，這個啊，這是專門對付好管閒事的人的。」

駝子瘦巴巴的手伸進鼻煙壺裡，捻了什麼東西吃，可是卻沒有請他們也嚐一嚐。他捻的並不是鼻煙，而是混合了糖和可可的零食。他就像是捻鼻煙一樣，抹了一小撮在下唇，再伸舌舔掉，舔的時候還會像在扮鬼臉。

「我腦子裡的牙老讓我覺得嘴裡有酸味，」他解釋說。「所以我才得吃這種甜的東西。」

那群人仍擠在四周，覺得怪怪的，搞不清楚狀況。這種感覺其實一直沒有散去，只是會被另一種感覺給蓋過：房裡的一種親密感和模糊的慶典氣氛。這晚在店鋪裡的人分別是：（海斯提．馬龍，羅伯．卡爾佛．黑爾，默利．萊恩，維林牧師，瑞普．維爾波恩，亨利．福特．克林普，赫瑞斯．威爾斯）。除了維林牧師之外，其餘的人在許多方面都很相似——都很容易從小事中得到樂趣，都在某方面哭泣過、吃過苦頭，大多數的人除非是被惹惱了，否則都很溫馴。他們都在紡織廠幹活，跟別人分租一棟二房或三房的屋子，房租是每個月十塊或十二塊錢。這天下午每個人都領了薪水，因爲這天是星期六。所以，暫時可以把這幾個人當作是一個人。

不過駝子早已在心中把他們分類了。一旦舒服的坐好了，他就開始跟每個人聊天、問問題，諸如結婚了沒，多大年紀了，平均一個禮拜賺多少等等，問到非常私人的問題，卻不著痕跡。沒多久，這群人的人數就增加了，亨利．梅西，還有察覺到不尋常狀況的遊手好閒的人，來叫男人回家的婦女，甚至還有一個亞麻色頭髮的壞小孩躡手躡腳溜進店裡，偷了一盒動物形鹹脆餅，又悄然無聲的溜走。就這樣，愛蜜莉亞小姐的產業上很快的人滿為患，而她本人卻仍沒有打開辦公室的門。

有一種人天生的氣質就會讓他在其他人和普通人面前顯得矯矯不群，這樣的人有種天賦本能，而這種天賦本能唯有年齡很小的孩子才會有，這種本能可以讓他和其他的事物建立起即時的重要接觸。駝子自然就是這種人。他下樓到店鋪不過才半個鐘頭，就和在場的每一個人都有了交情，儼然是在小城住了好幾年，是個家喻戶曉的人物，而且不知有多少個晚上坐在這袋鳥糞石上跟大夥談天說地了。就是這個原因，又加上是星期六晚上的緣故，所以商店裡瀰漫著一股自由和違法的快樂。同時還有一股張力，半是因為情況怪異，半是因為愛蜜莉亞小姐仍關在辦公室裡，至今沒有露面。

最後她是在十點走出辦公室的，而那些以為會有什麼好戲可看的人卻失望了。她只是打開門，以她那緩慢難看的步態走過來。她的鼻梁一側有條墨跡，脖子上綁著那條紅手巾。似乎沒注意到有什麼不尋常的地方。那雙灰色的鬥雞眼瞟了駝子坐的地方一眼，停頓了一會兒。至於店裡的人群，她只是用驚訝中不失平靜的表情注視了一圈。

「有人要買什麼嗎？」她靜靜地問。

顧客當然是有的，畢竟現在是星期六晚上，而且所有人買的都是酒。愛蜜莉亞小姐三天前才挖出一只有年紀的桶子，在釀酒坊那裡分裝到瓶子裡。這天晚上她從顧客手裡收錢，就在明亮的燈光下數錢，這是正常的程序。可是在此之後的事卻不正常了。以前顧客必須要繞到漆黑的後院去，她會從廚房門縫把酒瓶遞給你。這樣的買賣一點也讓人高興不起來。而顧客在拿到酒之後就會默默消失在夜色中，萬一誰的老婆不讓他把酒帶回家裡喝，那愛蜜莉亞小姐會特准他繞到店鋪前廊，在那兒或是街上大口灌酒。門廊和門廊前的馬路都是愛蜜莉亞小姐的產業，這點是絕不會有錯的，不過她倒沒有把這兩個地方當成是她的產業，她的產業從前門開始，延伸到整棟的建築，在這些地方不准有人開瓶，也不准有人喝酒，唯有她本人例外。但是生平第一次，她打破了這個規矩。她走進廚房，駝子緊跟在她後面，把酒拿到了店裡。非但如此，她還拿出了一些杯子，打開兩包鹹脆餅，用小碟子裝著，放在櫃檯上，誰想要吃就請自己動手。

她只對駝子一個人講話，而且只用略嫌尖利粗嘎的聲音問他：「李蒙表哥，你是要純的，還是要放到爐子上隔水溫過？」

「不麻煩的話，愛蜜莉亞，」駝子說。（是從什麼時候開始有人吃了熊心豹子膽敢直呼愛蜜莉亞小姐的名字，而不中規中矩的加上稱謂的？當然不是她的新郎兼十日丈夫。事實上，自從她父親過世後——他不知爲了什麼喜歡管她叫小丫頭——就沒有人再敢用這麼熟的口氣喚她了。）「不麻煩的話，我想要溫過的。」

這就是咖啡館的源起了，就是這麼簡單。那天晚上外頭是像冬天一樣的陰冷，若是坐在店鋪外頭，那簡直就是活受罪，但是屋裡頭卻有同伴，有宜人的溫暖。有人把後頭的爐子給點了起來，那些買酒的人跟朋友分享。裡面還有幾名婦女吃了幾條甘草根，喝了瓶「你嗨」汽水，甚至還喝了威士忌。駝子仍是個新鮮人物，他在場讓人人都覺得有趣。辦公室的長椅也搬了過來，還有幾張椅子。其他人有倚著櫃檯的，有舒舒服服坐在木桶上和布袋上的。而且在愛蜜莉亞小姐的產業上開瓶也並沒有引來什麼粗野的行爲、下流的咯咯笑或是惡作劇之類的。相反的，這些人守禮到幾近膽怯的程度。因爲在此之前小城居民並不習慣像這樣聚在一起純粹說笑玩樂。他們不是在紡織廠碰頭，上工幹活，就是在週日的全天候野餐上見面——儘管很有趣，但背後的意義卻是要你隨時不忘地獄，讓你對全能的上帝深感敬畏。可是咖啡館的精神就截然不同了。就連最富有、最貪婪的混球進了一家體面的咖啡館都會循規蹈矩，不侮辱任何人。而窮苦的人滿心感激，四處張望，以最時髦最謙和的方式捏起鹽巴。因爲一家體面的咖啡館意味著下列的特質：同伴情誼、口腹的滿足，以及某種程度的熱鬧歡樂及舉止優雅。那天晚上在愛蜜莉亞小姐的店裡並沒有人把這番話對他們說，但是他們自己都知道，當然啦，一直要到小城有了咖啡館他們才知道。

而這時，這一切的起因，愛蜜莉亞小姐，大半個晚上都站在通往廚房的門口。外表上，她似乎一絲也沒有改變，但是有許多人注意到她的表情。她看著眼前的一切，可是大部分時間，她的眼睛卻孤單地盯著駝子。他在店裡來回走動，掏著鼻煙壺裡的東西吃，態度既尖酸又宜人。愛蜜莉亞小姐站的地方，爐子的火光照出一個光圈，多少照亮了她褐色的長臉。她似乎是在往內看，她的表情有痛苦、困惑，和不確定的歡樂。嘴唇不像平常一樣緊緊抿著，而且她時常吞嚥。她的皮膚變白，空空的兩隻大手在冒汗。那晚她的表情是屬於寂寞的情人的。

咖啡館的開幕式直到午夜才結束，人人都友善的互相道別。愛蜜莉亞小姐關上了前門，卻忘了上栓。很快的萬籟俱寂，大街，三家店，紡織廠，住家，事實上是整座小城，都逐漸變暗，安靜下來。於是三天三夜就這麼結束了，其間有一名陌生人來到小城，大家過了個罪孽深重的假日，還有咖啡館正式開張。

我們得讓時光飛逝，因爲往後的四年大同小異。有一些重大的改變，但是改變並不在一夕之間，而是一點一滴累積而成的，步驟十分簡單，所以看起來並沒有多麼重要。駝子仍住在愛蜜莉亞小姐那兒。咖啡館以漸進的腳步擴張。愛蜜莉亞小姐開始販售她的烈酒，店裡也擺設了幾張桌子。每天傍晚都有客人上門，到了週六更是人滿爲患。愛蜜莉亞小姐開始供應十五分錢一盤的炸鯰魚。駝子費了番唇舌說服她買了一架機器鋼琴。不出兩年，雜貨鋪已不再是雜貨鋪，而是改頭換面，成了一家有模有樣的咖啡館，每晚從六點營業到十二點。

每晚駝子都會下樓來，透著一股自視甚高的神氣。他身上總微微散發出蕪菁葉的味道，因爲愛蜜莉亞小姐每天早晚都會用煮魚肉蔬菜的原湯幫他按摩，希望他能精力充沛。她把他給寵上了天，可是無論什麼東西似乎都沒辦法讓他變得健壯；食物只讓他的腫塊跟他的頭變得更大，但身體的其餘部分卻仍舊虛弱變形。愛蜜莉亞小姐的外觀也沒有變。一整個禮拜她照樣是穿著沼澤靴工作服，可是到了週日，她會換上深紅色連身裙，這件衣服掛在她身上怪異極了。不過她的態度和生活方式卻起了極大的變化。她仍然喜愛在訴訟上緊咬不放，不過現在不像以前那樣動不動就欺騙同鄉，執行殘忍的罰則了。因爲駝子在社交上極度的活躍，甚至連她也出席了一些社交場合，像是佈道會、葬禮等等的。她在懸壺濟世這方面仍是像以前一樣成功。如果這麼說不誇張的話，她釀的酒甚至比先前更好。咖啡館本身就利潤豐厚，成了方圓幾哩內唯一可以找樂子的地方。

現在再來用隨意撿取的片段來看看這幾年的情形。你會在某個紅色的冬天早晨看見駝子跟在愛蜜莉亞小姐的腳後跟行進，兩人要到松林去打獵。你會看見他們在她的產業上幹活：李蒙表哥就站在一旁，什麼事也不做，可是指出她那雙手有所疏漏的時候，卻是毫不客氣。到了秋天午後，兩人坐在後門台階削甘蔗。酷日當空的夏季他們在沼澤區消磨，那兒的落羽杉變成深綠色，在枝葉糾纏的沼澤樹下是一片昏沉沉的陰森。每當有小徑穿過濕地或是遇上一片黑沉的水域，愛蜜莉亞小姐就會彎下腰來，讓駝子攀住她的肩膀，緊抓著她的耳朵或是她的寬額。偶爾愛蜜莉亞小姐會爬上她買的福特汽車，招待李蒙表哥到奇霍去看照片展，或是去遠地的博覽會或是看鬥雞；駝子對於奇聞怪譚有壓抑不住的興趣。而當然他們每天早晨都在咖啡館裡，到了晚上兩人也會經常坐在樓上客廳的壁爐前，一坐就是幾個鐘頭。因爲駝子晚上總是病懨懨的，怕極了躺下來凝視著黑暗。他對死亡有種深沉的恐懼。所以愛蜜莉亞小姐不願留下他一個人來承受這種恐懼。可以說咖啡館業績成長主要就是因爲這個緣故；咖啡館可以爲他帶來同伴和歡樂，可以幫他熬過黑夜。由這些吉光片羽就可以大致了解這些年是怎麼過的，暫且就說到這裡吧。

再來該解釋一下這些行爲了。該來談談愛情了。因爲愛蜜莉亞小姐愛著李蒙表哥，這一點是大家都明白的。他們住在同一個屋簷下，從不見誰單獨行動，因此，根據麥克菲太太的說法——這女人鼻子上長了疣，天生的勞碌命，總是忙著把家具從前面房間的某個角落搬到另一個角落去——根據她以及其他人的說法，這兩人是活在罪惡之中。要是他們眞有親戚關係，也就等於是表親雜交，但是這一點是完全無法證實的。愛蜜莉亞小姐當然是個像強力喇叭槍一樣的人，身高超過六呎，而李蒙表哥卻是個弱不禁風的駝子，只到她的腰那麼高。但是這樣的組合反倒讓史當皮・麥克菲太太和她那群密友私下竊喜，因爲她們跟她們之流的人爲了可以嚼舌，對那些門不當戶不對的可憐人最是打從心坎裡歡喜得要命，所以就隨她們去說吧。至於善良的人則認爲若是這兩人能從彼此身上得到生理的滿足，那就是他們兩個與上帝的問題。所有講理的人都同意這些善良人對這個臆測的看法，而他們的答案都是簡單的一聲「胡說」。那麼，這段愛情究竟是什麼？

首先，愛情是兩個人的共同體驗——不過，說是共同體驗卻不見得是陷入愛河的兩個人所引起的體驗是相等的。每段戀情中都有一個去愛的，一個被愛的，但這兩人是截然不同的兩類人。經常那個被愛的只是一種刺激物，把長久以來蟄伏在那個去愛的人心中儲存的愛給激發了出來，而每一個去愛的人多多少少都了解這一點。他從靈魂中感覺到他的愛是幽寂的。他逐漸知道一種嶄新的、陌生的孤寂，而就是這份認知讓他受苦。所以這個去愛的人只有一件事可做。他必須盡可能把他的愛深藏在心中；他必須要爲自己創造出一個全新的內在世界：一個激烈陌生的世界，完整藏在心中。這裡要補充一句，這個去愛的人未必見得是一個爲了結婚戒指而拚命攢錢的年輕人——這個去愛的人可以是男人、女人、孩子，或是世上的任何一種生物。

至於這個被愛的也可能是什麼樣的人都可以。最卓越的人也有可能是愛的刺激物。一個已經是曾祖父的男人可以仍愛著二十年前某天下午在奇霍街上遇見的一個陌生女孩。傳教士可以愛著一個墮落的女人。被愛的人可以陰險狡獪，油頭粉面，惡習纏身。是的，那個去愛的可以和所有人一樣清楚看見這些缺點——但是卻不會影響他的愛情進化。最平庸的人也可以得到一份有如沼澤毒百合般狂野、激切、美麗的愛。女人也可能會引發暴烈卑下的愛。狂言囈語的瘋子也能激盪出某人靈魂中溫柔單純的浪漫詩篇。因此愛的價值和品質是由去愛的人本身決定的。

正因爲如此，我們大多數的人寧願去愛人，而不願被愛。幾乎人人都想當去愛人的那個。其中的道理再簡單不過：在不爲人知的心底，許多人是無法忍受被愛的。被愛的人懼怕痛恨愛人的人，而且理由充足，因爲愛人的總想要剝奪被愛的人，去愛的人渴望與被愛的人在任何方面都有牽絆，即使這種經驗只能帶給他痛苦。

前面曾提過愛蜜莉亞小姐結過婚，而那段奇異的插曲倒是可以拿來做例子。別忘了，那段婚姻已事隔多年，而且也是在駝子來找她，帶著這個現象——愛情——前來之前愛蜜莉亞小姐唯一的個人接觸。

當時的小城仍是今天的小城，差別只在於當年只有兩家商店，現在有三家，大街兩側的桃樹也比現在矮小歪扭。當年的愛蜜莉亞小姐十九歲，父親早在好幾個月前去世了。當時小城有個織布機修理匠叫馬文．梅西，他是亨利．梅西的哥哥。不認識他們兄弟的人絕對猜不到他們會是兄弟，因爲馬文是附近地區最英俊的男人：六呎一吋高，肌肉結實，灰眸鬈髮。他的日子過得不錯，錢賺得不少，有一只金錶，可以從後面打開，裡頭放著一張瀑布的照片。以世俗的眼光來看，馬文．梅西是很幸運的傢伙；他不需要爲五斗米折腰，而且總是爲所欲爲。可是若用較嚴肅的角度來看，馬文．梅西卻不是值得羨慕的人，因爲他生性邪惡。他的名聲就算不是臭不可當，也跟郡裡其他的惡少不相上下。從小他就隨身攜帶一個風乾醃過的人耳，那是他在一場剃刀架中殺掉的人身上割下來的。他把松林裡的松鼠尾巴剁掉，就爲了自己好玩。他褲子左邊的口袋裡裝著違禁的大麻草，專門引誘那些心情低落，有死亡傾向的人。然而儘管他惡名昭彰，地方上許多婦女卻深愛著他，而當年可眞有幾個年輕女孩，頭髮乾淨，眼神溫柔，長了個甜美可愛的小屁股，嬌俏可愛，卻一個個都讓他壞了名節。在二十二歲那年，這個馬文．梅西選擇了愛蜜莉亞小姐。這個離群索居，步態可笑，又生了一雙鬥雞眼的女孩才是他渴盼的人。他並不是爲了錢才要她的，純粹是爲了愛。

而愛改變了馬文．梅西。在他愛上愛蜜莉亞小姐之前，世人大可懷疑這種人是否有心、有靈魂。但是他的性格醜惡其實是有原因的，馬文．梅西來到人世之後確實吃了不少苦頭。他是七個孩子裡的一個，而這些孩子全都爹不疼娘不愛。他那對父母壓根就不配爲人父母，他們自己就是毛頭小伙子，喜歡釣魚，在沼澤區閒晃，他們的孩子差不多年年都會多一個，卻只是他們的眼中釘。晚上他們從紡織廠回來，會盯著孩子看，彷彿不知道這些小孩都是打哪兒冒出來的。如果哪個孩子敢哭，包管是一頓好打，所以孩子們在世上學到的第一課就是找到屋子裡最幽暗的角落，盡可能把自己藏匿好。孩子們瘦得就跟白髮幽靈一樣，而且他們都不說話，就連彼此都不交談。最後，七個孩子一塊被父母拋棄，隨他們在小城自生自滅。那年冬天森冷難捱，紡織廠停工了將近三個月，處處哀鴻遍野，幸好小城不是一個眼睜睜看著白人小孩凍死在路上的地方。於是最後的安排是最大的孩子，當時八歲，走入了奇霍，消失了蹤影——或許他是搭貨車去了別處，到社會上去闖蕩了，誰也不知道。另外三個孩子由小城居民接濟，從一家廚房轉戰到另一家廚房，但是他們的身子骨太弱，不幸在復活節前夭折了。最小的兩個孩子馬文．梅西和亨利．梅西被同一人收養。鎮上有個好女人叫做瑪麗．黑爾太太，她收留了馬文和亨利，待他們有如己出，兄弟倆就在她家長大成人。

可是幼童的心是要小心呵護的器官。初來乍到人世時碰上的殘忍境遇會把他們的心扭曲成怪異的形狀。一個受過傷害的孩子他的心可能會收縮得很厲害，往後會又剛硬又坑坑洞洞的，就跟桃子的核一樣。也可能這樣的孩子他的心會化膿腫大，變成了愁雲苦海，身體都承載不了，最最平凡的小事都能輕易刺激他，傷害他。亨利．梅西就是屬於後面這種狀況。他和哥哥是涇渭分明的兩個人，他是小城裡最親切、最溫和的人。他把薪水借給不幸的人，從前還會幫那些一到週六晚上就泡在咖啡館裡的父母照顧孩子。但他是個害羞的人，而且他的外表一看就知道是有一顆腫脹的心，備受煎熬。而馬文．梅西長大了卻變得鹵莽大膽，性子殘暴。他的心變得像撒旦頭上的角一般剛硬。在他愛上愛蜜莉亞小姐之前，他給他弟弟以及好心扶養他長大的婦人帶來的盡是恥辱與麻煩。

可是愛情扭轉了馬文．梅西的性格。他默默愛了愛蜜莉亞小姐兩年，卻始終不敢表明心跡。他會站在她家門口，手裡拿著帽子，眼神溫馴渴望，灰眼迷濛。他洗心革面，完全變了一個人。他對弟弟和養母親切和氣，把薪水存起來，懂得了節儉，而且還接受了上帝。週日他不再懶懶的躺在前廊上，拿著吉他自彈自唱；他到教堂去做禮拜，也出席所有的宗教聚會。他學會了禮貌：他訓練自己看見女士要站起來，幫女士拉椅子，而且他不再說髒話，不打架，不濫用上帝之名。就在兩年的時間裡，他改頭換面，在各方面改進自己。第二年年底，有天晚上他去找愛蜜莉亞小姐，帶了一束沼澤百合，一袋小腸，一只銀戒——那晚馬文．梅西傾訴了衷曲。

而愛蜜莉亞小姐嫁給了他。後來人人都不禁納悶，有人說她是想撈點結婚禮物，有人認為都是愛蜜莉亞小姐在奇霍的姨婆不斷嘮叨的緣故，那個婆娘是個恐怖的老女人。無論原因為何，反正她大步走上了教堂的走道，披著她死去母親的嫁衣，那件禮服是黃色緞面的，對她來說起碼短了十二吋。婚禮是在冬季的一天下午舉行的，清朗的陽光射入教堂的紅寶石色玻璃，在聖壇前的這對新人身上灑下了奇異的光芒。牧師主持婚禮之際，愛蜜莉亞小姐不斷做著一個小動作：右手掌心在緞袍的一側擦呀擦的。她是在找口袋，以爲還穿著工作服，可是老是找不到，她的臉色也就愈來愈不耐煩、愈來愈無聊也愈來愈著惱。好不容易牧師該說的話都說完了，也祈禱過了，愛蜜莉亞小姐立刻離開教堂，連丈夫的手都沒挽，反而超前他兩步。

教堂離店鋪不遠，新郎新娘步行回家。據說，愛蜜莉亞小姐一邊走一邊就說起了她最近完成的一筆交易，向一名農人買下了一批柴火。說正格的，她對待新郎的方式就跟對待到店裡來買酒的顧客一模一樣。不過到目前爲止，事情都還差強人意；鎮民都很感激，因爲大家親眼目睹了愛情對馬文．梅西的影響，也都暗自希望愛情也能夠讓他的新娘改頭換面，最少也可以多少改改愛蜜莉亞小姐的脾氣，讓她多出點新嫁娘的豐潤，把她變成一個不那麼難以捉摸的女人。

結果大家都錯了。新婚之夜在窗口偷窺的幾個年輕男孩說實際情況是這樣子的：新娘新郎吃了一頓豐盛的大餐，大餐是由幫愛蜜莉亞小姐煮飯的老黑鬼傑夫做的。新娘每道菜都吃了雙份，但新郎卻是食不知味。飯後，新娘忙著日常的活動：看報、清點存貨等等。新郎則在門口呆立，臉上掛著恍惚的、傻傻的、幸福的表情，而且完全被新娘冷落在一邊。十一點了，新娘提著一盞燈上樓，新郎緊緊尾隨。到目前爲止都還算正常，但是接下來就出了岔子了。

不到半小時，愛蜜莉亞小姐就穿著馬褲，披著卡其外套，登登登地下樓來，一臉的不高興，所以膚色顯得很黑。她憤然摜上了廚房門，還重重踢了門一腳。但後來她克制住了脾氣。把爐火撥旺，坐了下來，兩腳架在廚房爐灶上，一邊讀《農民曆》，一邊喝咖啡，一面抽著她父親的菸斗。她的臉色嚴峻冷厲，剛剛的一臉黑氣這會兒才漸漸消散。有時她會停下來在紙上草草抄下《農民曆》上的什麼消息。天快破曉了，她才進入辦公室，掀開打字機，打字機才剛買沒多久，仍在摸索學習的階段。她的新婚之夜就是這麼度過的。天色大亮之後，她到院子裡，像個沒事人一樣，忙著蓋兔籠，這兔籠是一個禮拜之前動工的，打算要拿到哪兒去出售。

做新郎的人要是沒本事把心愛的新娘子弄上床，那可不是一個慘字了得，尤其是全鎮的人又都知道了。馬文·梅西那天下樓來，身上仍是那套新郎裝，卻是一臉病容。天知道他這一夜受了多少折騰。他在場院裡痴痴呆呆地走來走去，看著愛蜜莉亞小姐，但是不敢接近她。快到晌午時分，他忽然靈機一動，朝社會市的方向走了。回來時帶著禮物：一只蛋白石戒指，一個當時最流行的粉紅琺瑯飾物，一只雕刻了兩顆心的銀鐲，一盒價值兩塊半的糖果。愛蜜莉亞小姐大致過目了一遍，打開了那盒糖，因爲她正好餓了。至於其他的禮物，她很精明的估了一會兒價錢，後來就擺在自己店裡的櫃檯，成了待售的商品了。這一晚跟昨夜仍是大同小異，唯一的差別在愛蜜莉亞小姐把羽毛床墊抬到了樓下，在廚房爐灶邊打地鋪，而且她睡得還挺香甜的。

這樣的情況持續了三天。愛蜜莉亞小姐照常做她的生意，花很多精神去留意一則傳言，傳言說馬路朝南十哩地要建造一座橋。馬文·梅西仍舊在屋子四周跟前跟後的，而他受的苦從表情就看得出來。到了第四天，他做出了一件愚不可及的事情：他跑了一趟奇霍，帶了律師回來。就在愛蜜莉亞小姐的辦公室裡，他簽署了文件，把所有的財產都讓給了她，總共是十畝的林場地，是他用積蓄買下的。愛蜜莉亞小姐仔仔細細地研究文件，確保對方沒玩什麼花樣，隨後慎重地收入了她的辦公桌抽屜。當天下午，馬文·梅西帶了瓶一夸脫裝的威士忌，趁著還有日頭，獨自跑進了沼澤。快傍晚時他醉醺醺的出來了，瞪著兩隻又濕又大的眼睛，筆直走向愛蜜莉亞小姐，一手按上了她的肩。他是想要跟她說什麼，可是才剛開口，就被她一拳直搗到臉上來，打得他倒退撞上了牆，一顆門牙也應聲而飛。

這樁婚事的後續只能大略帶過。愛蜜莉亞小姐第一次動手之後，只要他靠近到一臂之遙，或他喝醉了，她都會對他飽以老拳。到最後，她索性把馬文·梅西趕出了她的產業，而他也淪落爲公然出醜。白天，他在愛蜜莉亞小姐的產業邊界上徘徊，有時臉上掛著扭曲的瘋狂表情，他會帶著來福槍，坐在那兒，清理槍枝，同時牢牢地盯住愛蜜莉亞小姐。就算她害怕了，她也沒有表現出來，但是她的臉色卻比以前更加嚴峻，而且經常朝地上吐痰。他最後一樁蠢事是某天晚上爬窗潛入她的店鋪，坐在一片漆黑之中，並不爲什麼，直坐到隔天早晨她下樓來。爲了這件事，愛蜜莉亞小姐立刻就趕到了奇霍的法院，一心只想著要用私闖民宅的罪名把他關進監牢。那天馬文·梅西離開了小城，誰也沒看見，誰也不知道他上哪兒去了。臨行前，他把一封信塞進了愛蜜莉亞小姐的門縫。那封信寫得很長，一半用鉛筆一半用墨水，是一封放肆的情書，但是其中也包含了威脅，而且他發誓此生必會報復回來。他的婚姻只維持了十天。小城的居民都有一種格外滿意的心情，就像是你知道有人被不堪的手法給徹底毀滅了，心裡會有的感覺一樣。

馬文·梅西所有的一切都成了愛蜜莉亞小姐的了：他的林場，他的金錶，他的每一件財物。可是她似乎並不重視，那年春天她就把他的三K黨長袍剪了，拿來覆蓋菸草株。所以他這個人的功用似乎就只是使她變得更加富有，並且帶給她愛情。可是說來也奇怪，她只要談起他，必定是語帶不屑譏誚。她從不說他的名字，總是嘲諷似地以「我嫁過的那個修紡織機的」來稱呼他。

後來，和馬文．梅西有關的恐怖謠言傳到了小城，愛蜜莉亞小姐可樂了。因爲馬文．梅西一旦擺脫了愛情的羈絆，他的眞面目終於露出來了。他成了不法之徒，照片和姓名上了州內的各家報紙。他搶了三家加油站，以一把改造槍枝打劫了社會市的A＆P雜貨鋪。他也涉嫌殺害了知名的攔路大盜「斜眼山姆」。每一宗犯罪都會扯上馬文．梅西的名字，因此他的邪惡在許多地方可以說是無人不知無人不曉。但是法網恢恢，疏而不漏，有一天他醉倒在一棟旅遊小屋的地板上，手邊是一把吉他，右腳鞋裡有五十七塊錢。他被捕判刑，送進了亞特蘭大附近的一間監獄。愛蜜莉亞小姐深自慶幸。

這就是愛蜜莉亞小姐的婚姻，也已經事隔多年了。小城把這一樁怪誕的韻事拿來當笑話說，很長一段時間才平息。不過雖然說這樁愛情從外表上看來確實是悲哀荒誕，但是我們該切記，眞正的變化是隱藏在那個去愛的人的靈魂中的。所以在這段戀情，甚至隨便哪段戀情中，除了上帝之外，還有哪個人有資格來評斷誰是誰非呢？就在咖啡館開張的頭一天晚上，就有幾個人突然想到了那個心已成灰的新郎，被關在幾哩外的陰暗監獄裡。往後幾年，馬文．梅西並沒有完全從小城居民的心上消失。沒有人在愛蜜莉亞小姐或是駝子面前提起他，但是在愛蜜莉亞小姐的幸福戀曲和咖啡館的歡樂熱鬧之下，仍有一股令人惴慄的暗潮洶湧，還是有人記得他的激情及罪行，還是有人想到他被禁錮在監獄之內。所以別把這個馬文・梅西忘了，因爲他在這個故事中還要扮演一個恐怖的角色。

在商店擴建成咖啡館這四年中，樓上的房間並沒有變動。這部分的產業在愛蜜莉亞小姐的一生中始終保持舊貌，和當年她父親健在時，甚至和在她父親之前的老樣子一般無二。先前就說過是三個房間，而且打掃得纖塵不染。就連最小的物品也都擺得一絲不苟，每天早晨愛蜜莉亞小姐的僕人傑夫都會把每樣東西擦了又擦，撢了又撢。前頭的房間由李蒙表哥住著，當初馬文・梅西在獲准留在屋子裡頭的短短幾夜也是住這個房間，在此之前房間的主人則是愛蜜莉亞小姐的父親。房間裡的擺設有一個大衣櫥，一個有鏡衣櫃，罩著僵直的白亞麻布，布邊有鉤針編織的花邊，還有一張大理石面桌。床鋪非常之大，是老式的四柱雕花大床，材質是深色的黃檀木。床上鋪了兩套羽毛墊、長枕，幾個手工抱枕。床鋪太高，所以床下有兩級木梯，不過之前沒有人使用過木梯，可是李蒙表哥每晚都要把梯子拖出來，踩著木梯上床。木梯的旁邊，有個瓷夜壺，壺身上還有粉紅色的玫瑰，但是推到了裡面，以免有礙觀瞻。暗沉光潔的地板上沒有鋪地毯，窗幔則是白色的，邊緣也有鉤針鉤的花邊。

起居室的另一頭是愛蜜莉亞小姐的臥室，比較小，擺設也十分簡單。一張狹長的松木床，一個有鏡衣櫃，裡頭掛她的馬褲、襯衫、週日的連身裙，她還在衣櫃的壁面上釘了兩根釘子，吊她的沼澤靴。此外房間就別無長物，沒有窗幔，沒有地毯，也沒有任何裝飾。

而居中的房間，也就是起居室，可講究了。黃檀木沙發的椅面是綠絲緞，因爲太老舊而露出了底下的織線，擺在壁爐的前方。再有就是大理石面桌子，兩架勝家縫紉機，一只插了蒲葦的大花瓶，樣樣東西都透著富裕和氣派。而在起居室裡最重要的家具則是一個玻璃門大櫃，櫃子裡擺了不少寶物和奇珍。愛蜜莉亞小姐在這些收藏品中又添了兩樣：一個是一棵水橡樹的大橡實，一個是一只小天鵝絨盒子，盒裡裝著兩顆灰灰的小石頭。有時無事可做，愛蜜莉亞小姐就會把天鵝絨盒子取出來，立在窗邊，低頭看著掌心的小石頭，臉上表情揉雜了著迷、懷疑、敬重、畏懼。這兩顆石頭是愛蜜莉亞小姐自己的腎結石，幾年前由奇霍的醫師取出來的。那次經驗很是恐怖，從開始到最後一分鐘都是煎熬，而她得到的就是這兩顆小石頭；她不拿來當寶貝也不行，否則就得承認自己是賠了夫人又折兵。所以她把結石收藏了起來，等到李蒙表哥住下的第二年，她拿兩顆石頭鑲在錶帶上，送給了他。而另一樣收藏品，那顆大橡實，對她來說很寶貴——可是每次看著它，她的神情總是黯然又迷惑。

「愛蜜莉亞，它有什麼意義？」李蒙表哥問她。

「喔，就只是橡實而已，」她回答。「是大老爹過世的那天下午我撿到的。」

「妳是什麼意思？」李蒙表哥仍是追問。

「我的意思是那天我在地上看見了這顆橡實，就撿了起來，放進口袋裡。我也弄不清楚爲什麼。」

「這種收藏的理由還眞怪。」李蒙表哥說。

愛蜜莉亞小姐和李蒙表哥在樓上房間的談話次數不少，通常都是在天剛透亮的頭兩個鐘頭裡，李蒙表哥這個時候老是睡不著。愛蜜莉亞小姐還是老樣子，沉默寡言，不讓腦子裡想到的事情脫口而出。雖然如此，還是有些話題會讓她感興趣，而這些話題都有一個共同點：也就是冗長無止境。她喜歡琢磨那些可以耗費幾十年之功卻仍無法解決的問題。而李蒙表哥卻是什麼話題都聊得起來，因爲他這人話匣子一開就停不住。兩人的談話方式也是迥然不同。愛蜜莉亞小姐總是繞著事情的邊緣，以低沉思索的聲音長篇大論，卻無關痛癢；而李蒙表哥卻會驟然打岔，像個嘴碎的人，冒出某個細節，即使完全不重要，好歹也比較具體，帶著點實際的面貌。愛蜜莉亞小姐某些最喜歡的話題是：天上的星辰，爲什麼黑鬼是黑色的，治療癌症最好的方法等等。另外她父親也是一個她百說不厭的話題。

「咳，」她會對李蒙這麼說。「想當年我上床睡覺，我會在剛掌燈的時候就上床睡覺——咳，我睡得可沉了，就像是淹死在暖烘烘的車軸潤滑油裡。等天亮了，大老爹會走進來，一手按著我的肩膀。『起床了，小丫頭，』他會這麼說。過一會兒爐子熱了，他會從廚房朝樓上大喊。『粗玉米麵煎餅，』他會大喊。『雞肉澆肉汁。火腿加蛋。』我就會跑下樓，在熱爐子邊穿衣服，而他會到幫浦那兒洗臉。吃過飯之後我們就會到酒坊去，或是——」

「我們今天早上吃的粗玉米麵煎餅做得不好，」李蒙表哥說。「煎得太快，裡頭根本就還沒熱。」

「想當年大老爹放酒流——」對話就像這樣子嘮嘮叨叨往下說，愛蜜莉亞小姐在壁爐前伸長腿；無論是冬天還是夏天，壁爐裡總是燃著火，因爲李蒙表哥天生怕冷。他坐在她對面一張矮椅上，兩腳勉強才搭到地，身上通常都包著一條毛毯，要不就身披羊毛披肩。愛蜜莉亞小姐除了對李蒙表哥說之外，從不向外人提到她的父親。

這是她表現愛意的一個方式。他在最緊要的事情上得到了她的信任，唯有他知道她把那張埋酒圖藏在哪裡，唯有他可以看她的存摺，可以動用藏寶櫃的鑰匙。他可以從收銀機裡拿錢，一抓就是一大把，放在口袋裡叮噹響。這塊產業上的樣樣東西幾乎都是他的，因爲只要他心情不好，愛蜜莉亞小姐就會到處找禮物送他，逗他開心，弄到後來她的手邊幾乎沒有東西能再拿來送禮了。她的人生裡唯一不和李蒙表哥分享的東西就是她爲期十日的婚姻。馬文・梅西是他們兩人唯一沒有討論過的話題。

日子就這麼緩緩過去，一晃眼李蒙表哥在小城也住了六年，轉眼又是八月了。這天是週六，時近傍晚，天空就像一床著火的毯子覆蓋在小城上方一整天。綠色暮光初露，一股恬靜的氣氛瀰漫。街道上覆了一吋厚的一層金黃色乾燥塵土，小孩子半裸著東竄西跑，不時打噴嚏，渾身是汗，而且脾氣暴躁。紡織廠正午休息。大街上的人家跑到門階上休息，婦女人手一把棕櫚扇。愛蜜莉亞小姐的屋子正面立了塊招牌，寫著「咖啡館」。後門的門廊有格子形陰影，很涼爽，李蒙表哥坐在那兒，轉動著製冰淇淋機，通常他會把一袋袋的鹽和冰塊打開，把攪拌器拿出來，舔一舔，看冰淇淋是不是差不多了。傑夫在廚房煮飯。當天早晨，愛蜜莉亞小姐在前門門廊上放了佈告：雞肉晚餐——今晚，二十分。咖啡館已經營業，愛蜜莉亞小姐剛在辦公室裡結束了一個階段的工作。店裡的八張桌子都坐滿了客人，機器鋼琴叮叮咚咚演奏著樂曲。

靠近門邊的角落，亨利．梅西和一個小孩坐在餐桌前。他喝著一杯烈酒，倒是很不尋常，因為烈酒很容易就讓他頭腦不清，讓他不是大哭就是大唱。他的臉色非常蒼白，左眼緊張得抽搐個不停，每次他一有心事就會這樣。他從側邊進入咖啡館，一聲不吭，就算有人跟他打招呼，他也沒回應。他身邊的小孩是赫瑞斯．威爾斯的孩子，留在這裡讓愛蜜莉亞小姐幫他看病。

愛蜜莉亞小姐從辦公室出來，心情很好。她到廚房去關照一些小事，然後才進到咖啡館，指間夾著一個雞屁股，那是她最喜歡的部位。她環顧室內，看見一切安好，就走向亨利．梅西坐的那張角落桌子。她把椅子倒轉過來跨坐，她還沒準備吃飯，只是想打發時間。她的工作服臀部口袋裡有一瓶哮咳靈，那是藥水，用威士忌、岩糖、秘方調製的。愛蜜莉亞小姐扭開瓶蓋，舉到小孩的唇邊。隨後轉頭看向亨利．梅西，一見他左眼緊張得眨動，她就問：

「你在煩什麼？」

亨利．梅西似乎想要說什麼為難的事情，可是久久注視愛蜜莉亞小姐的眼睛之後，只吞嚥了一口，並未出聲。

於是愛蜜莉亞小姐又回頭治療她的病人了。小孩子個子很矮，只有頭露出桌面。他的面色很紅，眼瞼半閉，嘴巴微開。大腿上長了個又大又硬又腫的疔，所以送過來給愛蜜莉亞小姐，看能不能把疔刺破。但是愛蜜莉亞小姐治療孩子有另一套手法；她不喜歡看孩子痛，拚命掙扎，嚇得半死。所以她讓孩子留在屋子裡一整天，給他甘草吃，三不五時喝點哮咳靈，快到傍晚時，她才在他的頸子上綁了條餐巾，讓他吃完晚餐。這會兒他坐在椅子上，腦袋瓜子一下子晃到左一下子晃到右，有時他呼吸，還會發出累壞了的咕噥。

咖啡館裡有一陣騷動，愛蜜莉亞小姐迅速轉頭。李蒙表哥進來了。駝子和每晚一樣，大搖大擺走進咖啡館，走到正中央，他會驟然止步，精明的打量四周，計算客人人數，評估出今晚的情緒模式。駝子是個惡作劇大師，他享受任何形式的吵鬧，而且可以輕易就讓大家反目成仇，手法之高直如奇蹟。兩年前就是受了他的挑撥，雷尼雙胞胎才會爲了一把水手刀而大吵一架，直到今天兄弟倆都還一句話也不說。瑞普·維爾波恩和羅伯·卡爾佛·黑爾兩人拳腳相向，他也在場。事實上，自他到小城以來，每一場爭吵都和他脫不了關係。他無論是誰家的閒事都要管，每個人最隱密的事他都知道，而且只要是他醒著，就什麼都要插手。但，說來也眞怪，雖然喜歡興風作浪，可是咖啡館會生意興隆，駝子卻又是大功臣。沒有他的場合，就是少了那麼點歡樂，他每次走進咖啡館，屋內總是立刻緊張氣氛升高，因爲多了這個好事之徒，誰也說不準會有什麼禍事落到頭上，誰也說不準咖啡館裡會出什麼事。因爲騷動或是災難隨時可能會發生，所以大家從來沒這麼自由自在，這麼開心得沒有顧忌過。因此駝子大步走入咖啡館，人人都轉頭注視他，而且客人會匆匆爆出一陣談話，拉開瓶塞的啵啵聲此起彼落。

李蒙朝史當皮．麥克菲揮手，麥克菲和默利．萊恩、亨利．福特．克林珀坐在一塊。「我今天走到羅騰湖去釣魚，」他說。「路上我跨過了一個東西，頭一眼看以爲是倒落的大樹，可是跨過去的時候覺得有什麼動了動，我又看了第二眼，這才發現我跨過的竟然是一隻鱷魚，有門口到廚房那麼長，而且比一頭閹過的公豬還要粗。」

駝子嘰嘰喳喳聊著，大家都會不時看著他，有些留心聽他說什麼，有些則否。有時候他嘴裡吐出的每一個字不是謊話就是吹牛。像今晚他就沒有一句話是眞話。他這一整天都因爲扁桃腺膿腫而躺在床上，一直到下午偏黃昏後才起床來攪動製冰淇淋機。客人都知道這一點，可是他卻仍然站在咖啡館正中央，大吹大擂，一點也不臉紅，也不怕別人聽得耳朵長繭。

愛蜜莉亞小姐雙手插在口袋裡，歪著頭，留意他的一舉一動。她灰色的鬥雞眼裡有股柔情，而且不自覺綻露微笑。偶爾她的眼神會暫離駝子，瞧瞧咖啡館裡的其他人，這時她的表情是得意的，而且得意中還隱含著威脅，彷彿是在看哪個人有膽子敢戳破駝子的滿口胡說八道。傑夫送上了晚餐，每道菜都用盤子盛好了，新裝設的電風扇攪起了一陣宜人的清涼。

「小傢伙睡著了。」亨利．梅西終於開口說道。

愛蜜莉亞小姐低頭看著身邊的病人，板起臉著手眼前的治療。小孩的下巴架在桌沿，嘴角掛著泡泡，不知是口水還是哮咳靈。他的眼睛閉著，一小群蟲子停在眼角。愛蜜莉亞小姐一手按住他的頭，用力搖晃，但是小病人還是照睡不誤。這時愛蜜莉亞小姐才把孩子抱起來，小心翼翼別碰到他腿上的疔，進了辦公室。亨利．梅西尾隨她進去，把辦公室門也順手帶上了。

這天晚上李蒙表哥百無聊賴。沒有什麼新鮮事，再者，儘管天氣熱，咖啡館裡的顧客脾氣卻都不錯。亨利．福特．克林珀和赫瑞斯．威爾斯坐在中央的桌子，勾肩搭背，嘻皮笑臉，講著什麼很長的笑話，可是他走過去，卻聽不出一點頭緒，因爲他錯過了故事的開頭。月光照亮了塵土瀰漫的街道，變矮了的桃樹黑漆漆的，文風不動：外頭連一絲微風也沒有。沼澤蚊嗡嗡嗡的叫，聽得人昏昏欲睡，像是在迴盪夜的岑寂。小城看似黑沉沉的，唯有大街遠方的右手邊有燈光閃爍。夜色中不知哪個女人以高亢浪蕩的聲音在唱歌，唱得沒頭沒尾，總共只有三個音，一遍又一遍的重複著。駝子倚著門廊的欄杆而立，俯視空盪的大街，好像巴不得有人會走過來。

他背後有腳步聲，隨即是話聲響起：「李蒙表哥，你的晚飯擺好了。」

「我今晚沒什麼胃口，」駝子說，其實他吃了一整天的甜食。「我嘴裡酸酸的。」

「多少吃一點，」愛蜜莉亞小姐說。「雞胸、雞肝，還有雞心。」

兩人相偕回到明亮的咖啡館裡，跟亨利．梅西坐同一桌。這一桌是咖啡館裡最大的一張餐桌，桌上的可口可樂瓶子插了一束沼澤百合。愛蜜莉亞小姐已經治療好了病人，自己相當滿意。緊閉的辦公室門後只傳來幾聲愛睏的嗚咽，而且在小病人清醒，心裡害怕之前，治療就都結束了。孩子這會兒正趴在他父親的肩膀上，睡得很香，兩隻小手軟軟的垂在他父親的背上，膨脹的臉很紅，父子倆正離開咖啡館要回家。

亨利．梅西仍然很沉默。他吃得很小心，吞嚥時不發出聲音，而且他的胃口還不到李蒙表哥的三分之一。號稱沒有胃口的李蒙表哥吃了一份又一份。偶爾亨利．梅西會看向愛蜜莉亞小姐，但仍是一言不發。

這一個週六夜並沒有什麼不一樣。一對鄉下來的老夫妻在門口猶豫了一會兒，牽著彼此的手，終於決定要進來。兩人相守了那麼久，這一對鄉下老夫妻，兩張夫妻臉看來就像是雙胞胎。他們的膚色是褐色的，個子萎縮，活像是兩顆會走路的花生。他們很早就離開了，午夜之前，大多數的顧客也回家了。羅瑟．克萊和默利．萊恩仍在下棋，史當皮．麥克菲坐在餐桌前，手邊有瓶酒（他太太不准酒進家門），自言自語，心平氣和。亨利．梅西也還沒走，這倒是不尋常，因爲他幾乎是天色一黑就上床就寢的人。愛蜜莉亞小姐睏倦得打了個哈欠，但是李蒙仍很浮躁，她也就沒出主意要打烊休息。

終於，一點了，亨利．梅西抬頭看著天花板一角，靜靜對愛蜜莉亞小姐說：「我今天接到一封信。」

愛蜜莉亞小姐並不是聽到這種話就羨慕不已的人，因爲所有的生意信件和郵購目錄都是以她爲收件人。

「我收到了我哥的信。」亨利．梅西說。

兩手擺在後腦勺，在咖啡館裡來回踢正步的駝子聞言猝然停步。只要聚會中氣氛稍微有什麼變化，他立刻就能察覺。他瞧了瞧屋裡的每一張臉，等待著。

愛蜜莉亞小姐繃著臉，握緊了右拳。「只管說。」她說。

「他獲得假釋，出獄了。」

愛蜜莉亞小姐的臉色非常陰沉，儘管晚上很暖和，她卻打哆嗦。史當皮·麥克菲和默利·萊恩推開了棋盤。咖啡館裡悄然無聲。

「誰？」李蒙表哥問，一雙蒼白的大耳朵似乎愈變愈大，愈來愈僵硬。「怎麼回事？」

愛蜜莉亞小姐兩手掌心朝下，用力拍打桌面。「馬文·梅西是個——」但她的聲音沙啞了，過了一會兒，她只說得出：「他這輩子就只配關在監牢裡。」

「他犯了什麼罪？」李蒙表哥問。

一陣漫長的沉默，誰也不知道該如何回答。「他搶了三家加油站。」史當皮·麥克菲說。可是聽起來卻似乎意猶未盡，給人一種還隱瞞了什麼的感覺。

駝子不耐煩了。他受不了竟然有他不知道的事情，即使是不幸的慘事他也要與聞。馬文·梅西這名字對他而言很是陌生，可是這名字卻讓他的心裡很癢，就像每次有人提到一個大家都知道，唯獨他不懂的話題一樣：比方說有人提到在他來到小城之前就拆毀的舊鋸木廠，或是偶爾說到可憐的莫瑞斯·費奈斯坦，或是回憶起任何在他來之前發生的事。除了天生就好奇之外，駝子對於各種的搶匪惡棍也都興致勃勃。他繞著桌子踱步，自言自語著「假釋出獄」和

「監牢」。但不管他怎麼追問，都問不出個所以然來，因為又不是有人活得不耐煩了，膽敢在咖啡館裡當著愛蜜莉亞小姐的面前說起馬文．梅西來。

「信上並沒有說什麼，」亨利．梅西說。「他沒說要上哪兒去。」

「哼！」愛蜜莉亞小姐說，神情仍很冷峻，而且臉皮非常黑。「他休想把那隻分叉的蹄子踏上我的地盤。」

她把椅子推開，著手打烊。想到馬文．梅西可能讓她也多了份思慮，因為她把收銀機抬了起來，帶到廚房，放進了隱密的地方。亨利．梅西從黑暗的大街走了。亨利．福特．克林珀和默利．萊恩卻在門廊又小小逗留了一會兒。將來默利．萊恩會自稱這晚他就預見了會發生的不幸，而且說得是活靈活現的。可是小城居民誰也不理他，誰都知道默利．萊恩就是這副德性。愛蜜莉亞小姐和李蒙表哥在起居室裡說了一陣子話，等到駝子覺得他終於可以入睡了，她就幫他把床鋪上方的蚊帳弄好，等他做完晚禱。之後，她換上了長睡衣，抽了兩管菸斗，過了好長一陣子才就寢。

那年秋天真是段好時光。四鄉的莊稼豐收，佛克斯瀑布市那邊的市場這一年的菸草價格都很穩定。經過了漫長的酷暑，早秋的頭幾個涼爽的日子顯得清新、明亮、甜蜜。泥巴路旁長著秋麒麟草，甘蔗也成熟了，紫豔豔的。每天都有公車從奇霍開來，載送年幼的孩子到整理好的學校去接受教育。男孩子跑到松林裡獵狐狸，家家戶戶都把冬天的被褥拿出來曬，田裡也種上了地瓜，還鋪了稻草預防往後的嚴寒天氣。入暮之後，一根根的煙囪飄出縷縷細煙，又圓又橙的秋月也高掛天空。入秋之後的頭幾個寒冷的晚上萬籟俱寂，是別的季節都比不上的。有時，夜深人靜，一絲風也沒有，小城會聽見穿過社會市朝北方奔馳的火車尖細的汽笛聲。

而對愛蜜莉亞·伊文斯小姐來說，這個時節可是最忙碌的時候。她黎明即起，一直工作到太陽下山。她在釀酒廠裡弄了個更大的新冷凝器，短短一週的時間就釀出了足以灌醉全郡人的烈酒。她那頭老騾因爲拉磨碾高粱太過勞累，轉得頭昏眼花。她還把梅森玻璃罐都煮過消毒，裝滿了糖漬梨子。她整天盼著頭場降霜，因爲她訂了三頭大豬，準備要好好來幾次烤肉，弄幾副小腸，灌香腸。

這幾週來許多人都注意到愛蜜莉亞小姐多了點什麼，她經常笑，笑聲醇厚迴盪，而且她吹的口哨也多了點孟浪優美的調皮。她不管什麼時候都在賣弄力氣，抬起很重的東西，或是用手指戳自己結實的二頭肌。有天，她在打字機前坐下，打了篇故事，故事中有異鄉人、活板門，以及數以百萬的金錢。李蒙表哥跟她總是如影隨形，跟在她的衣襬後，無所事事，而每次她看著他，臉上就會有明亮溫柔的表情，而每次說他的名字，聲調中也總隱含著情意。

第一道冷鋒終於來臨了。愛蜜莉亞小姐一天早晨醒來，發現窗櫺上有霜，而且院子裡的草地也披上了銀衣。愛蜜莉亞小姐把廚房爐子的火燒得好旺，到外面去判斷天色。空氣冰冷刺人，天空淡綠無雲。沒多久，鄉間的人就來找愛蜜莉亞小姐，想知道她對天氣有什麼看法；她決定把最肥的一頭閹公豬宰了，消息立刻不脛而走。豬宰好了，烤肉坑也用橡木燃起了火。後院瀰漫著暖暖的豬血味和煙味，腳步聲雜沓，冬日空氣中人聲喁喁。愛蜜莉亞小姐四處走動，發號施令，不久後事情已經完成了七八成。

這天她得跑一趟奇霍去辦事，所以等確定一切都就緒之後，她轉動曲柄開動了汽車引擎，預備出門了。她請李蒙表哥跟她一起去，事實上，她一共請了七次，可是李蒙表哥不願丟下這裡的熱鬧，想要留下來。愛蜜莉亞小姐似乎很不高興，她習慣了李蒙表哥總是在她附近，只要兩人不在一起，就很容易會染上相思病。可是問了七次之後，她就由他去了。臨行之前，她找了根棍子，繞著烤肉坑畫了很大一圈，大約是從坑口向後兩呎的範圍，告誡他不可越界。她在晚餐後離開，預計在天黑之前回來。

現在開著卡車或汽車在馬路上跑，穿過小城，朝奇霍或是別的地方去，已經不是什麼稀罕事了。每天稅務員都會來和愛蜜莉亞小姐這樣的富人爭論。假如說小城裡有人心血來潮，比方說是默利．萊恩好了，他想要貸款買輛汽車，或是先付三塊錢就多了個漂亮冰櫃，就跟奇霍商店櫥窗裡廣告的一樣，那麼就會有一個都市人光臨小城，問東問西，挖出他所有的把柄，毀掉他的分期付款購物計畫。有時候，特別是在興建佛克斯瀑布公路的那段期間，載運外役犯人的汽車會駛過小城，而且經常會有迷路的人停車問路。所以那天下午晚一點的時候有一輛卡車駛過紡織廠，停在愛蜜莉亞小姐咖啡館附近的馬路中央，當然也不會有人覺得不尋常。有個男人從車斗上跳下來，卡車隨即揚長而去。

這人立在馬路正中央，四下張望。他很高，褐髮鬈曲，深藍色眼珠慢悠悠的轉著。他的唇色紅潤，綻開笑容，是那種吹牛大王似的半開著嘴的慵懶笑容。他穿了一件紅襯衫，繫了一條皮製工具腰帶，拎著一只錫箱和一把吉他。小城裡第一個注意到有人來了的人是李蒙表哥，他聽見了汽車換檔的聲音，轉過身來調查。駝子在門廊角落探出頭來，但並沒有露出整個身體。他和那人瞪著彼此，卻不是兩名陌生人首次見面，快速打量對方的那種看法。而是一種很特別的眼神。之後，紅衣人聳了聳左肩，轉過身去。駝子的臉色非常蒼白，盯著那人走下馬路，過了半晌，他也謹慎地跟上，保持幾步的距離。

消息立刻就在小城傳揚開來，馬文・梅西回來了。他第一個去的地方是紡織廠，懶洋洋地把兩隻手肘架在窗台上，看著裡面。他喜歡看別人辛勤工作，就跟所有天生的懶骨頭一樣。整個紡織廠像是一下子給拋入了什麼麻木的混亂似的。染工離開了熾熱的染缸，紡紗工和織工也忘了機器，就連領班史當皮・麥克菲都不知道該如何是好。而馬文・梅西一逕帶著他那個濕潤、半張嘴的笑容，就算看見了自己的弟弟，浮誇的表情仍是不變。視察過紡織廠之後，他繼續朝馬路走，來到了他長大的屋子前，在門廊放下手提箱和吉他，隨後沿著磨坊用貯水池繞了一圈，又視察了教堂、三家店鋪、小城的其餘地區。駝子跟在後面一段距離之外，默默留意他的動靜，兩手插在口袋裡，一張小臉仍然十分蒼白。

時間愈來愈晚了。紅紅的冬日太陽漸漸西墜，西邊天際是一片的深金色和深紅色。羽毛亂蓬蓬的煙囪褐雨燕飛回了自己的巢，燈火一盞盞亮起。偶爾有一陣煙味飄來，也有陣陣香味從咖啡館烤肉坑裡傳來。繞行了小城一圈之後，馬文・梅西在愛蜜莉亞小姐的產業前停了下來，看著門廊上的招牌。之後，絲毫不以闖入民宅爲忤，他穿過了側院。紡織廠的笛音寂寥地響起，日班工人下班了。沒多久，愛蜜莉亞小姐的後院裡除了馬文・梅西之外又多了別人：亨利．福特．克林珀，默利．萊恩，史當皮．麥克菲，以及圍繞在屋子邊緣的大人小孩。很少有人說話。馬文．梅西獨立在烤肉坑的一側，其他人則聚集在另一頭。李蒙表哥離開人群，獨自站在某處，而且眼光始終沒有離開過馬文．梅西的臉。

「你在牢裡過得還好吧？」默利．萊恩問道，還吃吃傻笑。

馬文．梅西不予作答，只是從屁股口袋裡抽出一把大刀，緩緩打開，拿褲襠來磨刀。默利．萊恩在瞬間變得非常安靜，筆直走到史當皮．麥克菲後面，躲在他寬厚的背後。

愛蜜莉亞小姐一直到差不多天黑了才回來。大家大老遠就聽見了她的汽車聲，接著是車門砰然關上，什麼東西撞到了，可能是她抬了什麼東西到屋子的門階上。夕陽早已不見蹤影，空氣中飄浮著早冬傍晚的藍色氤氳光芒。愛蜜莉亞小姐從後門台階緩緩拾級而下，她院子裡的人群悄然靜待著。這世上很少有人有膽量和愛蜜莉亞小姐相抗衡，而她對馬文．梅西又是那麼的深惡痛絕。人人都等著看她爆發，破口大罵，抓起什麼危險的物品，一舉將他給驅逐出小城。起初她沒看見馬文．梅西，她的臉上有鬆懈和夢幻似的表情，每次她從遠處回家來，就總是這副神情。

愛蜜莉亞小姐必然是同時看見了馬文·梅西和李蒙表哥，她看看這個，又看看那個，但最終她那個沮喪驚異的目光卻不是釘在從監獄裡出來的廢物身上。她，以及其他每一個人，都注視著李蒙表哥，而他那模樣確實是教人發噱。

駝子站在烤肉坑的尾端，蒼白的臉被悶燒的橡木火光照亮了。李蒙表哥有一種很罕見的才能，只要他想巴結什麼人，就會用上。他會一動不動站著，帶著一點點的專注，蒼白的大耳朵會以驚人的速度扭動著，但是看起來卻絲毫不費力。每次他想要愛蜜莉亞小姐答應他什麼，他就會使上這招，而且是屢試不爽。這會兒，駝子站在那兒，兩隻耳朵扭得像要掉下來了，可是這次他的對象不是愛蜜莉亞小姐。駝子笑望著馬文·梅西，笑容帶著近似絕望的懇求。一開始馬文·梅西壓根就沒注意，等他終於瞧了駝子一眼之後，他也沒什麼欣賞的表情。

「那個羅鍋是有什麼毛病？」他問道，拇指還粗魯地朝他比了一下。

沒有人回答。而李蒙表哥一發現自己的絕招竟然無效，就又再多費了一番功夫。他搧動眼瞼，活像是眼窩裡困住了兩隻蒼白的飛蛾。他拿腳在地上擦，兩手亂揮，最後竟然像是跳起了舞來。這個冬日傍晚最後一抹餘暉照亮的李蒙表哥，就像是沼澤魈生的鬼娃子。

院子裡所有的人裡面，唯獨馬文·梅西完全不爲所動。

「那個矮冬瓜是不是羊癲瘋發了？」他問，一見沒有人回答，他就跨步向前，對著李蒙表哥的一邊太陽穴就是一拳，打得駝子踉蹌倒退，坐倒在地上，但仍仰著臉看著馬文·梅西，極其用力的又搧了一次耳朵。

人人都轉頭看著愛蜜莉亞小姐，看她有什麼反應。這些年來儘管有很多人恨李蒙表哥恨得牙癢癢，可誰也不敢動他一根頭髮。要是誰不知好歹敢對駝子惡言相向，愛蜜莉亞小姐就會不准這個混球再賒帳，百般刁難，讓這傢伙好長一段時間沒有好日子過。所以愛蜜莉亞小姐如果拿起了後門門廊上的斧頭，把馬文·梅西的腦袋瓜子劈成兩半，也不會有人驚訝。可是她卻並沒有這麼做。

有時愛蜜莉亞小姐會像是靈魂出竅，通常大家都知道起因是什麼，也能體諒。因爲愛蜜莉亞小姐是個好大夫，沼澤裡的草根樹皮沒有親口嚐過，是不會碾細了餵給第一個上門的病人的；凡是發明了什麼新藥，她必定會第一個先嚐。她會嚥下一大劑，隔天在咖啡館和磚廁所之間來來回回，似有所思。通常，感到一陣絞痛的話，她會立定不動，鬥雞眼盯住地面，緊握著拳頭；盡力研判是哪個器官出現了反應，新藥最可能醫治何種疾病。而此時，她看著駝子和馬文·梅西，臉上就是這種表情，繃著臉想辨識出體內是哪種痛苦，只不過今天她並沒有試用新藥。

「學乖了吧，羅鍋？」馬文．梅西說。

亨利．梅西撥開了額前柔軟泛白的頭髮，緊張地咳嗽。史當皮．麥克菲和默利．萊恩兩腳動來動去，外圍的小孩和黑人連大氣都不敢出。馬文．梅西摺起了剛才在磨的刀子，毫無忌憚地顧盼了一圈，大搖大擺離開了院子。坑內的餘火變成了羽毛似的灰燼，天色暗下來了。

馬文．梅西從監獄裡出來的情形就是這樣。小城裡沒有一個人樂意看見他。就連瑪麗．黑爾太太這個把他一手扶養長大的好女人，第一眼看見他，都驚得把手上的長柄鍋掉在地上，哭了出來。可是這個馬文．梅西，什麼也不放在心上。他坐在黑爾家後門台階上，懶洋洋地撥著吉他，等到晚餐做好了，他就一把推開屋子裡的小孩，自己拿了一大份，也不管玉米餅和雞肉的分量其實不夠每個人分配。吃完飯之後，他佔了全屋裡最溫暖舒適的睡覺地方，一夜好眠，連夢也沒作一個。

當天晚上愛蜜莉亞小姐的咖啡館並沒有做生意。她小心翼翼地鎖上了每一扇門，每一扇窗，沒有人看見她和李蒙表哥的身影，而且屋子裡有盞燈一直燃到天亮。

馬文・梅西走到哪裡，厄運就會跟到哪裡，這一點誰也不會意外。隔天天氣就遽然轉變，氣溫攀升，即使是大清早，就瀰漫了一股黏乎乎的悶熱，風吹來了沼澤的腐臭味，小蚊子有如蛛網似的覆住了綠色貯水池上方，拍翅聲尖銳刺耳。這樣的天候實在是反常，比八月還要糟，因此造成了許多損失。郡裡養豬的人家差不多都學愛蜜莉亞小姐，在昨天把豬宰了。可是這麼熱的天氣，做香腸哪可能放得久？短短幾天的功夫，到處就散發出肉緩緩腐爛的臭味，小城裡瀰漫著暴殄天物的心疼。這還不是最壞的呢，佛克斯瀑布公路附近一戶人家，團圓飯吃了烤豬肉，結果死光了，一個活口也沒有。很顯然他們家的公豬受了污染，這麼一來，誰還敢確定自己家的肉安全呢？大家既想要嚐嚐可口的豬肉，又怕一吃就死，那種滋味真不是局外人能體會的。這段時期只有浪費和混亂兩個字眼能夠形容。

但是罪魁禍首，馬文・梅西，卻是一點兒也不會臉紅。他沒有地方不去。上班的時間，他在紡織廠周圍溜達，從窗子往裡窺探，到了週日，他就換上紅襯衫，帶著吉他在大街上走來走去。他仍是個英俊的小子，褐髮，紅唇，寬肩；可是他邪惡的天性現在已經是無人不知無人不曉了，所以長相再好看也沒轍。況且，他的邪惡還不光是指他真正犯過的罪。沒錯，他是搶了三家加油站，之前他還毀了郡裡許多柔情似水的姑娘，還拿來說笑。但凡你說得出來的惡事，都少不了他一份，可是撇開這些罪行不談，他渾身還散發出一股子陰險，就像是什麼氣味隨著他飄散。還有一件事：他從來不出汗，就連最熱的八月都一樣，而這一點當然值得要好好推敲。

小城居民這時都覺得他似乎比以前更加危險，他在亞特蘭大的監獄裡一定是學會了什麼下咒的本事，否則的話，要怎麼解釋他對李蒙表哥的影響？自從看過了馬文·梅西第一眼之後，駝子就像是給什麼鬼魅迷住了。他每一分鐘都想要跟在這個罪犯的屁股後面，而且滿腦子淨是想要吸引他注意的笨念頭。不過馬文·梅西仍舊對他滿懷恨意，要不就壓根沒把他放在眼裡。有時駝子會放棄，坐在前門門廊的欄杆上，像是隻生了病的鳥棲息在電話線上，讓所有的人看見他的傷心。

「到底是爲什麼？」愛蜜莉亞小姐會這麼問，灰色的鬥雞眼瞪著他看，兩隻手握成了拳頭。

「喔，馬文·梅西，」駝子呻吟著說，單是說他的名字就打亂了他啜泣的韻律，害得他打嗝。「他去過亞特蘭大。」

愛蜜莉亞小姐會搖頭，臉色又黑又冷。頭一件，她沒那個耐性旅行；那些跑到亞特蘭大，或是跋涉五十哩路去看海的人，那些不安於室的人，她瞧不起他們。「去過亞特蘭大並不會讓他變成好人。」

「他坐過牢。」駝子說，語氣充滿了可憐兮兮的渴念。

連這種事都羡慕人家，那你跟他還有什麼好說的？迷惘之中，愛蜜莉亞小姐連自己也都不知道自己在說什麼。「坐過牢？李蒙表哥，那種事情不値得吹噓吧。」

幾週來，愛蜜莉亞小姐的一舉一動都逃不過大家的眼睛。她心不在焉，表情恍惚，彷彿又掉進了靈魂出竅的狀態。不知爲何，馬文・梅西回來後的第二天，她脫掉了工作服，換上那件專門留著禮拜日、參加葬禮、上法庭穿的紅色連身裙。一週又一週過去了，她總算採取了一些步驟，收拾目前的混亂。可是她的辦法卻讓人很難理解。假如看著李蒙表哥尾隨馬文・梅西讓她很難過，她何不一次把話說清楚，告訴駝子要是他跟馬文・梅西有什麼牽扯，那她就會把他掃地出門？這個辦法很容易啊，李蒙表哥不屈服也不行，否則的話他就得像遊魂一樣，孤苦無依。可是愛蜜莉亞小姐似乎連意志力都沒了；生平第一次，她躊躇不前，不知該採用什麼手法。此外，就跟處於猶豫不決的大多數人一樣，她採取了最壞的行動：她駕起了多頭馬車，而且每匹馬都是背道而馳。

咖啡館照常每晚營業，說來也真奇怪，每次馬文·梅西大搖大擺走進來，後面亦步亦趨跟著駝子，她竟然沒把他轟出去，反而還讓他免費喝酒，對他露出扭曲的怪笑。同時，她又在沼澤裡設下可怕的陷阱，要是馬文·梅西中了機關，絕對會送命。她讓李蒙表哥邀請他來共進週日晚餐，卻又在他步下階梯時設法絆倒他。她開始幫李蒙表哥安排各種娛樂活動：長途跋涉到遠地去觀賞各種表演，弄得自己筋疲力盡，開上三十哩的車子去有名的肖陶擴村休閒區，帶他到佛克斯瀑布市去看遊行。總而言之，這段日子弄得愛蜜莉亞小姐是心力交瘁。大多數人都覺得她這是在作繭自縛，而人人都等著看結果會是怎麼樣。

天氣又轉冷了，寒冬降臨小城，紡織廠最後一班工人下班之前，天色就全黑了。小孩睡覺得穿上所有的衣服，而婦女則撩起裙子後面的下襬，在爐火前取暖，臉上帶著舒服的夢幻表情。下過雨後，車子一走過，泥巴路上就是幾道堅硬結冰的車轍，家家戶戶的窗子都會閃動著隱隱的微光，而桃樹只剩下光禿禿的枝椏。冬夜寂靜又漆黑的夜晚，咖啡館成了小城的溫暖核心，燈火通明，四分之一哩外都看得清楚。擺在房間後部的大鐵爐燒著熊熊烈火，燒得鐵爐嗶剝響，變得赤紅。愛蜜莉亞小姐幫窗戶做了紅窗幔，還跟一名經過小城的推銷員買了一大束紙玫瑰，做得很是逼真。

可是咖啡館之所以熱鬧並不僅是有暖爐、有裝潢、有燈光的緣故，咖啡館對小城而言十分珍貴，還有一個更深刻的理由。而這個深刻的理由就是某種的得意，當時這些地區根本就沒有什麼好得意的事物。要了解這一份得意之情，就不能忘了人類的生活是多麼的卑賤。總是有許多人在紡織廠四周安家落戶，可是卻少有幾戶人家有足夠的食物餬口，有足夠的衣服蔽體，更別提吃飽喝足到身上能長出膘來爲生活忙碌了。單單是爲了掙到足以保命的東西，就能讓生活變成一場漫長的你爭我奪。不過教人想不通的道理卻是這樣的：一切有用的東西都有價碼，而且只能拿錢來買，世界就是照這樣子運行的。這道理你早就明白，犯不著再去跟世界爭辯一捆棉花多少錢或是一夸脫糖漿多少錢。可是人命卻是無價的；是免費送給我們的。所以一條人命到底值多少？要是你左右看看，有時候一條人命可能只值一點點錢，有時候根本不值錢。常常你流血流汗，辛苦了半天，卻不見得有什麼起色，你的內心深處就會冒出一股你根本不值幾文錢的感覺。

但是咖啡館帶給小城的這份嶄新的驕傲幾乎影響了每個人，甚至包括小孩子。因爲，想進咖啡館的人，用不著買晚餐，甚至不用買酒。只要一枚五分鎳幣，就可以買到冰涼的瓶裝飲料！要是你連五分錢都沒有，愛蜜莉亞小姐還有一種叫做櫻桃汁的飲品，一杯只賣一分錢，粉紅的顏色，甜滋滋的。所以除了維林牧師之外，幾乎每個人每個禮拜都起碼會來咖啡館一次。小孩子都喜歡在別人家裡過夜，也喜歡在鄰居家裡吃飯；去打擾別人家的時候，他們表現得會很乖巧，而且洋洋得意。小城的人坐在咖啡館的餐桌前也有同樣的得意之情。他們梳洗過後才會到愛蜜莉亞小姐的店去，進入咖啡館之前還很知禮的在門檻上把鞋底擦乾淨。在咖啡館裡，至少有那麼幾小時的時間，你心裡那份一文不値的苦澀會減輕許多。

咖啡館對王老五、不幸的人、結核病人還有特殊的功效。這倒讓我想起來了，李蒙表哥很可能就是結核病患者。他明亮的灰眸、他的冥頑不靈、他的多話，還有他的咳嗽，在在都是病徵。再者，一般都認爲彎曲的脊梁骨和肺結核有某種關聯。可是無論是誰跟愛蜜莉亞小姐提起這話題，她就會火冒三丈；她會忿忿地否認這些是病徵，可是卻背地裡拿熱藥膏貼他的胸膛，拿哮咳靈來治療他的咳嗽。今年冬天駝子咳得更厲害了，有時就連大冷天的他都會冒出一身的汗，但是這樣也阻止不了他跟著馬文．梅西，如影隨形。

每天一大清早駝子就出門了，跑到黑爾太太家後門，等啊等的，因爲馬文．梅西是個愛睡懶覺的傢伙。他就站在後門，輕聲叫喚，那副樣子就像是小孩子耐心地蹲在地上的小洞邊，拿著從掃把抽出來的乾草戳那個洞，哀哀地喚著：「蟻獅，蟻獅——飛出來。蟻獅太太，蟻獅太太，出來，出來。妳家著火了，妳的孩子都燒死了。」就是用這樣子的聲調，既哀傷又誘惑又認命的聲調，駝子每天清晨呼喚著馬文．梅西的名字。好不容易等到馬文．梅西睡夠了，出門開始一天的活動，駝子就會尾隨他走遍小城，有時他們還會一起跑進沼澤去，一去就是幾個鐘頭。

而愛蜜莉亞小姐仍繼續做著最不該做的事：也就是繼續駕駛她的多頭馬車。李蒙表哥出門時，她並不會叫住他，只是站在馬路中央，孤單地看著他消失蹤影。馬文．梅西幾乎每天都會和李蒙表哥在晚餐時間一起出現，在她的餐桌上進食。愛蜜莉亞小姐打開了醃漬桃子，餐桌上不是火腿就是雞肉，大碗大碗的玉米粥、豌豆。沒錯，愛蜜莉亞小姐曾有一次想要毒死馬文．梅西，不幸卻忙中有錯，盤子全弄混了，結果反倒是她自己拿到了有毒的那一盤，她一嚐到微微的苦味，立刻就明白了過來，那天，她什麼晚餐也沒碰，而是往後靠著椅子，觸摸自己的肌肉，盯著馬文．梅西。

每天晚上馬文．梅西都會到咖啡館來，佔住最好最大的一張桌子，也就是中央的那張。李蒙表哥幫他上酒，而他一毛錢也不付。馬文．梅西隨隨便便一揮手，把駝子打發走，當他是隻沼澤蚊似的，而且他非但一點感激的意思也沒有，要是駝子礙著了他，他還會用手背摑他，或是說：「滾開，羅鍋——小心老子拔光你的頭髮。」遇上這種情況，愛蜜莉亞小姐就會從櫃檯後出來，緩步逼近馬文·梅西，握著拳頭，獨特的紅色連身裙怪模怪樣的在她骨感的膝蓋上懸晃。而馬文·梅西也不甘示弱，握拳迎上去。他們兩個會慢慢繞著圈，暗暗盤算。但儘管人人屏息以待，卻總是落空。大打一架的時機尚未成熟。

這一個冬天讓眾人記憶猶新，至今仍談論不休，還有一個特殊的原因。出了一宗大事。一月二日那天，大夥一早醒來就發現世界全亂了套了。無知的小孩從窗口往外看，完全摸不著頭腦，都哭了起來。老人家追昔憶往，想不起附近地區幾曾有過這種現象。原來那天夜裡竟然下了雪。午夜過後黑魆魆的幾個鐘頭裡飄下了朦朧的雪花，黎明之前大地就覆上了銀妝，這場異雪也在教堂的紅寶石色窗前堆積，還讓家家戶戶的屋頂都披上了白衣。這場雪讓小城多了種歪扭蒼涼的外貌。紡織廠附近的兩房屋舍又髒又歪斜，好似隨時會倒塌，而且不知爲何，每樣東西看起來都是暗沉沉的，縮了水似的。唯有白雪本身透著一種美，小城裡只有極少數的人曾經體驗過。白雪其實並不是白色的，不像北方人說的那樣；而是白中還有柔柔的藍和銀，而整片天空則是微微閃爍著光芒的灰色。還有下雪那種作夢似的寂靜——小城幾曾這麼安靜過？

大家對下雪的反應都不盡相同。愛蜜莉亞小姐從窗戶往外看，若有所思，沒穿襪子的腳扭動著腳趾，慢慢收攏睡袍的衣領。她在窗前佇立了一會兒，接著就把窗板關上，鎖上了屋裡所有的窗戶，把整棟屋子關得密不通風，點燃了燈，嚴肅地坐在一碗玉米粥前。這倒不是因爲愛蜜莉亞小姐害怕下雪，而是她沒辦法對這件新鮮事有立即的看法，而除非她明確知道對某件事該有什麼想法（她差不多對每件事都有定見），否則她寧可不予理睬。她這一輩子沒見過這地區下雪，也從來就沒有想過會下雪。可要是她承認下雪了，那她就得要做某種的決定，可這些日子以來，她已經有夠多的事情要煩心了。所以她只是在亮著燈的陰暗屋子裡東摸西摸，假裝一切如常。相反的，李蒙表哥卻樂瘋了，愛蜜莉亞小姐剛轉身幫他弄早餐，他就已經溜出去了。

馬文·梅西自稱雪是他讓下的。他說他知道雪是什麼，也在亞特蘭大見過，那天他在小城裡高視闊步，儼然每一片雪花都是他的財產。他看見小孩從家裡怯生生的溜出來，捧了兩手的雪起來嚐，就對他們嗤之以鼻。維林牧師滿臉怒色，匆匆走下馬路，他正絞盡腦汁想把這場雪放入他的週日佈道裡。大多數人都敬畏有加，很高興經歷這場奇蹟；大家壓低聲音說話，而且比平時更常聽見他們說「請」和「謝謝」。有些差勁的傢伙當然是自甘墮落，喝了個酩酊大醉，幸好這只是極少數。對大家來說，這場雪可是一宗大事，所以有很多人數好了錢，打算那晚到咖啡館去慶祝。

這一天馬文·梅西走到哪裡，李蒙表哥就跟到哪裡，而且也跟著宣佈這場雪是他的功勞。他很驚訝下雪不像下雨，抬頭瞪著輕飄飄落下的雪花，一直看到頭暈眼花，腳下踉蹌才回過神來。此外他還自鳴得意，沐浴在馬文·梅西的榮光下，就因爲這樣，許多人看到他會忍不住大聲說：

「『哇塞，』車輛上的蒼蠅說。『看我們揚起了多少塵沙啊。』」

愛蜜莉亞小姐無意供應晚餐，可是六點一到，門廊台階響起腳步聲，她小心翼翼打開了前門，是亨利·福特·克林珀。雖然沒有東西可吃，她還是讓他進來坐下，賣給他一杯酒。其他人也相繼來到。這個傍晚藍藍的、苦苦的，雪是不再下了，但是松林吹來一陣風，捲起了地面上纖細的雪花。李蒙表哥一直到天黑了之後才回來，還帶著馬文·梅西，而且馬文·梅西還拎著行李箱和吉他。

「喔，你要出門了？」愛蜜莉亞小姐立刻說。

馬文·梅西到爐邊去烤火，隨後坐到他的餐桌後，仔細的削著一小根木棍，拿來剔牙，頻頻把木棍拿出來看著尖端，隨即在外套袖子上擦拭。根本答都懶得回答。

駝子看著愛蜜莉亞小姐，她正站在櫃檯後。他的表情一點懇求的意味都沒有；他似乎相當的有把握。兩手在背後交握，很有自信地抽動耳朵。他的臉頰紅潤，眼睛閃爍著光芒，衣服濕透了。「馬文・梅西要跟我們住一陣子。」他說。

愛蜜莉亞小姐並沒有抗議，只是從櫃檯後走出來，在爐子前徘徊，彷彿這消息突然讓她發冷。她不像其他婦女在公共場所取暖會注意禮節，只把裙子撩起一兩吋。愛蜜莉亞小姐根本就不知含蓄爲何物，況且她似乎經常忘記滿屋子都是男人。這時她站在爐邊取暖，紅色連身裙直撩到背上，露出了底下一截強健多毛的大腿，誰想看都可以看個過癮。她偏著頭，自言自語起來，一會兒點頭一會兒皺眉，聲調透著指控和責難，卻聽不清楚她說了些什麼。而這時，駝子和馬文・梅西已經上樓了，上了有蒲葦和兩架縫紉機的起居室，上了愛蜜莉亞小姐一生所居的私人空間。在樓下的咖啡館裡都可以聽見他們弄得砰砰響，幫馬文・梅西打開行李，讓他安頓下來。

馬文・梅西就這麼硬擠進了愛蜜莉亞小姐家。起初李蒙表哥把房間讓給了馬文・梅西，自己睡在起居室的沙發上。可是下雪對他的身體不好；他著涼了，後來又轉爲扁桃腺膿腫，愛蜜莉亞小姐就把自己的床讓給了他。起居室的沙發對她來說實在嫌小，她的兩隻腳都懸在沙發外，而且常常一翻身就摔到地上。說不定就是因爲睡眠不足才讓她的腦筋變成了漿糊；無論她想出什麼辦法來整馬文・梅西，到頭來倒楣的都是她自己。她想出來的詭計害到的是她自己，所以她往往會發現自己進退維谷。可是她仍然沒有把馬文・梅西攆出去，因爲她怕最後屋子裡只會剩下她一個人。一旦脫離過單人生活，再要你孤家寡人過日子，簡直就是酷刑。燃著爐火的房間突然聽不見滴滴答答的鐘聲，空盪盪的屋子裡充斥令人緊張的影子——你寧可讓死敵住進來，也不願面對獨自生活的恐怖。

雪並沒有一直下。太陽出來了，兩天之內小城就又恢復了舊貌。愛蜜莉亞小姐一直等到每一片雪花都融化了才把窗子都打開，緊接著她來了一場大掃除，把所有東西都拿出去曬太陽。但是在此之前，她走到院子裡的第一件事是在楝樹最粗的那根樹枝上綁了條繩子，繩子另一頭綁著塞滿了沙的橘黃色麻布袋。這是她爲自己製作的沙包，打從這天起，每天清晨她都到院子裡練拳。其實她不用練就已經是打架高手了——雖說腳步略有些遲滯，但是各種下流的抓捏揪扯她樣樣精通，足可彌補。

愛蜜莉亞小姐正如之前說過，身高有六呎二吋。馬文・梅西還比她矮上一吋。論體重，他們可以說是旗鼓相當，大概都是接近一百六十磅。馬文・梅西佔優勢的地方是他靈活矯健，而且胸膛厚實。事實上，若是問外地人，他們會覺得他是穩操勝算。可是小城的居民卻差不多都會押愛蜜莉亞小姐獲勝；大概不會有什麼人看好馬文．梅西。小城居民仍記得愛蜜莉亞小姐和一名想騙她的佛克斯瀑布市律師大打出手。那傢伙可是條魁偉大漢，可是等到愛蜜莉亞小姐收拾過他，他只剩下了四分之一條命。而讓大家難忘的不僅僅是她的拳腳功夫——爲了挫敵人的銳氣，她會做各種鬼臉，發出嚇人的噪音，有時連旁觀的人都會忍不住動氣。她很勇敢，老老實實的練習打沙包，而在這件事情上，她顯然佔住了道理。所以大家都對她有信心，也就等著看好戲。當然啦，這一架並沒有定好日期，只不過是跡象太明顯，連瞎子也看得出來罷了。

而在此期間，駝子那張縮成一團的臉卻露出愉快的表情，優哉游哉。他利用許多小事挑撥他們兩人，做得不露痕跡。他時時刻刻都在拉扯馬文．梅西的褲腿，爲了吸引他的注意。有時他跟在愛蜜莉亞小姐的腳後——不過近來他這麼做是爲了要模仿她那兩條長腿的笨拙步態；他故意裝出鬥雞眼，學她的動作，把她模仿得像是怪胎。他這些模仿總帶著居心不良的味道，就連咖啡館裡最遲鈍的客人，像是默利．萊恩，都笑不出來。唯獨馬文．梅西會翹起左邊嘴角，咯咯輕笑。而每次有這個情形，愛蜜莉亞小姐就會陷入兩種情緒拔河的矛盾。她會以憂鬱的譴責神情看著駝子，但是對駝子根本沒用，再轉頭看著馬文．梅西，兩排牙齒咬得死緊。

「笑啊，最好脫腸！」她會恨恨地說。

而馬文·梅西最有可能的舉動就是拿起椅子邊的吉他，自彈自唱。他的嗓子濕黏不清朗，因爲他總是太多痰。而他唱的曲子會像鰻魚緩緩溜過喉嚨眼。他有力的手指撥著琴絃，技巧很花稍，而他不管唱什麼都是既曖昧又惱人。通常愛蜜莉亞小姐到這時就忍無可忍了。

「笑啊，最好脫腸！」她又大聲吼。

可是馬文·梅西卻不氣不急。他會按住琴絃，止住仍顫動的餘音，慢條斯理、旁若無人似地回答。

「欸，欸，不管妳對我吼什麼都會反彈到妳身上。」

愛蜜莉亞小姐只能站在原地，束手無策，因爲這一招到現在還沒有人想出破解之道。她不能破口大罵，那會等於是在罵自己。他佔了她便宜，她卻什麼辦法也沒有。

日子就這麼過下去。晚上他們三個在樓上房間有些什麼事，誰也不知道，可是咖啡館的客人卻是一晚比一晚多，最後還得添上一張新餐桌。就連那個號稱「隱士」的瘋老頭瑞納·史密斯都聽說了這種情況，有天晚上甚至從蟄居多年的沼澤出來，貼著咖啡館的窗子窺視，看著明亮的咖啡館沉吟思索。而每晚的高潮必定是愛蜜莉亞小姐和馬文·梅西握著拳頭，擺出打架的架式，惡狠狠瞪著彼此。通常會有這種情況並不是因爲兩人爲了什麼事情吵嘴，起因似乎頗爲神秘，大概是雙方的本能吧。而這時咖啡館內會靜悄悄的，連紙玫瑰被穿堂風吹得窸窣響都聽得見。而且他們這種欲打不打的對峙一晚比一晚持續得更久一些。

土撥鼠出洞的這一天，也就是二月二日，兩人終於打起來了。這天天氣不錯，既沒下雨也沒出太陽，氣溫不冷不熱。好幾個徵兆看得出今天就是大戰爆發日，十點不到，消息傳遍了全郡。一大清早愛蜜莉亞小姐就到院子裡割下了沙包。馬文．梅西坐在後門台階上，雙膝夾著一錫罐的豬油，仔仔細細地塗抹手臂和雙腿。一隻前胸血也似紅的老鷹飛過了小城，在愛蜜莉亞小姐的屋子上空盤旋了兩匝。咖啡館裡的餐桌都擺到了後門廊上，好清出位置來當戰場。所有跡象都表明是時候了。愛蜜莉亞小姐和馬文．梅西午餐都吃了四份半生的烤肉，整個下午都臥床儲備精力。馬文．梅西在樓上大房間裡休息，而愛蜜莉亞小姐則在辦公室的長椅上躺平。由她蒼白僵硬的臉孔就可以看出要她躺著什麼也不做，實在是莫大的折磨，可是她仍像屍體般靜靜躺著，閉著眼睛，雙手在胸前交叉。

李蒙表哥這一天坐也不是站也不是，一張小臉因爲興奮而繃得很緊。他自己弄了午飯，帶到外頭去找土撥鼠，不出一小時就回來了，午飯也吃個精光，他說土撥鼠看見了他的影子，所以往後幾天的天氣會很壞。因爲愛蜜莉亞小姐和馬文·梅西都在養精蓄銳，只剩他一個人，他突然想到乾脆去油漆前門前廊好了。房子有多年沒上漆了——說眞的，老天才知道房子究竟有沒有上過漆。李蒙表哥爬來爬去，沒多久就漆好了一半，門廊一半的地板變成了清爽的綠色。擦油漆很容易拖泥帶水，他自然是沾了一身的油漆。照他做事的風格，他當然沒把地板漆完，半途就轉而漆牆去了，漆到他搆得著的地方，接著又踩著木箱，再漆個一呎高。油漆用完了之後，地板右邊是鮮綠色，牆上歪歪扭扭的一塊地方也上了漆。然後李蒙表哥就撒手不管了。

他對自己的油漆成果很滿意，這種滿意透著點孩子氣。說到這裡，倒是不得不提宗怪事：小城裡沒有一個人曉得駝子究竟幾歲，連愛蜜莉亞小姐都不知道。有人說他初來乍到的那年是二十歲，還只是個大孩子；有人卻一口咬定他年過四十。他生了一雙藍眼珠，眼神和小孩子的一樣從容，可是這雙眼下卻有淡紫色的眼圈，可見他上了年紀。反正要從他那副駝背的怪異軀體判斷他的年齡，簡直是不可能。每次有人直接問駝子幾歲了，他都坦白說他也不知道，他完全沒有概念自己在這世上活了多久，是十年還是一百年了！因此他的年紀始終是個謎。

李蒙表哥在下午五點半油漆完畢。溫度降低了，空氣中帶著濕意。風從松林吹來，吹得窗戶嘎嘎響，把一張舊報紙吹下馬路，最後被一棵荊棘勾住。鄉下的人陸續進城來；塞得滿滿的汽車冒出一個個的兒童腦袋，老騾子拉著貨車，那些騾子似乎在疲憊乖戾的笑著，倦怠的眼睛半睜著，拖著腳步往前走。三個年輕男孩還從社會市過來，三個人都穿著黃色人造纖維襯衫，反戴著帽子，就跟三胞胎一樣，但凡鬥雞和野營的地方總可以見到他們三個的身影。六點整，紡織廠汽笛吹響，日班工人下班了，觀眾這下算是到齊了。當然啦，新來的人裡面總少不了流氓無賴，沒名沒姓的人物等等，但是聚集的人群卻很安靜。小城籠罩在噤聲令下，而每一張臉孔在漸逝的微光中都怪怪的。夜色輕輕盤桓；有一會兒天際是清朗的淡黃色，襯托之下，教堂角樓的輪廓顯得陰暗樸素，沒多久穹蒼的黃色逐漸黯淡，陰影凝聚出了夜晚。

七是個大家喜歡的數字，尤其是愛蜜莉亞小姐的最愛。打嗝喝七口水，頸部肌肉痙攣繞著貯水池跑七圈，七帖愛蜜莉亞奇蹟驅蟲藥可以除蟲——她的療方幾乎都脫不了這個數字。這個數字揉合了許多可能，而且熱愛奧秘和符咒的人更是器重「七」這個數字。所以這一架也在七點開打。這一點人人都知道，不是因爲看了公告或是口耳相傳，而是大夥都心照不宣，就跟知道下雨，知道沼澤傳來惡臭一樣。所以七點之前，人人都嚴肅地聚集到愛蜜莉亞小姐的屋子四周。最聰明的先進了咖啡館，貼牆而立，其他人只好擠在前門門廊上，要不就是站在院子裡。

愛蜜莉亞小姐和馬文·梅西都還沒有現身。愛蜜莉亞小姐整個下午在辦公室長條椅上休息之後，已經上樓了。反觀李蒙表哥，他簡直是無處不在，在人群裡來回穿梭，緊張地彈著指頭，眼睛眨巴眨巴的。等到再一分鐘就七點了，他這才擠進了咖啡館，爬到櫃檯上。大夥無不屏氣凝神。

他們必定是事先說好了，因爲時鐘一敲，愛蜜莉亞小姐就出現在樓梯口，同時馬文·梅西也出現在咖啡館的前面，人群默默讓路讓他通過。兩人不慌不忙走向對方，雙手早已握得死緊，眼神像兩個夢遊的人。愛蜜莉亞小姐把紅色連身裙換成了工作服，褲管捲到了膝蓋上，打著赤腳，右手腕還戴了一個鐵護環。馬文·梅西也捲起了褲管，打赤膊，而且塗滿了油；他倒是穿著出獄時發給他的厚底鞋。史當皮·麥克菲跨眾而出，右手掌在兩人的臀部口袋各拍了一下，確定沒有人暗藏刀子。緊接著明亮的咖啡館空出來的中央就只剩下他們兩個人了。

沒有人發訊號，但兩人都同時出擊。兩人的拳頭都擊中了對方的下巴，愛蜜莉亞小姐和馬文·梅西的腦袋都猛然後仰，眼前都冒了幾顆金星。第一拳之後隔了幾秒，他們只是在木頭地板上移動腳步，變換各種位置，只出虛招欺敵。猛然間，像兩頭野貓，他們撲向彼此。拳頭夾著肉聲、喘息聲、腳步聲此起彼落，兩人動作快得讓人看不清戰況，只知道有一次愛蜜莉亞小姐被甩開，跌跌撞撞倒退，險些摔跤，又有一次馬文·梅西肩上著了一拳，揍得他像陀螺一樣打轉。雙方就這樣你來我往，激烈異常，誰也沒有落敗的跡象。

像這類的打鬥，敵我雙方都是既敏捷又強壯，就可以暫時撇下不表，先來看看觀眾的反應。靠牆站的人已經整個都平貼在牆壁上了。史當皮·麥克菲縮在角落裡，不自覺地也握緊了拳頭，發出奇怪的聲音。可憐的默利·萊恩張大了口合不攏來，連蒼蠅飛進去了都不曉得，直等把蒼蠅給吞下了肚，他才發現。至於李蒙表哥，喝，那才是絕不能錯過呢。駝子仍站在櫃檯上，所以比咖啡館裡的任何人都要高。他兩手扠在髖部，大頭向前挺，彎著細瘦的兩條腿，膝蓋往外凸。場子裡的龍爭虎鬥看得他起熱疹，蒼白的嘴抖個不停。

大概是打了半個小時吧，戰況才起了變化。兩邊都出了上百拳，卻仍是不相上下。說時遲那時快，馬文·梅西覷準了一個空檔，逮住了愛蜜莉亞小姐的左胳臂，扭到了她背後。愛蜜莉亞小姐拚命掙扎，抓住了他的腰；眞正的打鬥於焉展開。這個郡裡，打架打到最後很自然就會變成角力，因爲拳擊動作太快，還得不斷動腦筋，而且分心不得。這時愛蜜莉亞小姐和馬文·梅西你抓緊我，我扣住你，人群也像是豁然清醒，愈挨愈近。有一會兒，打鬥雙方肉搏肉，髖骨撞髖骨，忽前忽後，忽左忽右，搖擺不定。馬文·梅西到現在仍不見出汗，可是愛蜜莉亞小姐的工作服卻濕透了，而且腿上的汗流得厲害，連地板上都留下了濕濕的腳印子。到了這時候，就要見眞章了。幾分鐘的角力裡，還是愛蜜莉亞小姐佔了上風。馬文·梅西是塗了油，滑不溜丟，可是論強壯還是比不上愛蜜莉亞小姐。漸漸的，她把他扳得向後仰，一吋吋把他壓到地板上。看到這兒實在是讓人膽戰心驚，咖啡館裡只有他們兩人粗重的喘氣聲。最後她把馬文·梅西壓倒在地，跨坐在他身上，兩隻大手勒住了他的喉嚨。

就在這個節骨眼上，就在愛蜜莉亞小姐打贏的當口，一聲大叫在咖啡館裡爆開來，聽得人人的脊梁骨都發抖。接下來發生的事至今沒有人說得清楚。小城全體居民都在場親眼目睹了一切，可是卻還是有人懷疑自己是不是眼花了。因爲李蒙表哥站的櫃檯距離咖啡館中央的兩名打鬥者至少有十二呎遠，可是愛蜜莉亞小姐才剛勒住馬文·梅西的咽喉，駝子就一個縱身，凌空飛撲，彷彿生出了一對老鷹的翅膀。他跳上了愛蜜莉亞小姐的寬背，用爪子似的手指頭掐住了她的脖子。

觀戰的人全都迷糊了，還沒回過神來，愛蜜莉亞小姐就落敗了。由於駝子這一鬧，馬文·梅西贏了這一架，到最後變成愛蜜莉亞小姐趴在地板上，雙臂前伸，一動不動。馬文·梅西俯視著她，眼睛有點像凸眼金魚，但是卻露出他那個嘴巴半開半闔的笑容。至於駝子呢，他突然失了蹤影。說不定他是因爲自己做的事太害怕，也說不定他是太高興，所以想要一個人品嘗勝利的滋味，反正他早已溜出了咖啡館，爬進了後門台階底下了。有人提水來潑在愛蜜莉亞小姐頭上，過了一會兒，她才緩緩爬起來，拖著腳步進入辦公室。她沒關門，大夥可以看見她坐在書桌後，頭埋在臂彎裡，嚶嚶哭泣，一面粗重地喘氣。有一次她還握起右拳，猛捶桌面三下，隨後右拳軟趴趴的鬆開，掌心朝上，動也不動。史當皮·麥克菲上前關上了辦公室門。

人群默不作聲，一個個離開了咖啡館，拍醒了騾子，發動了汽車，社會市來的三個男孩徒步走上了馬路。這場架不是可以事後拿來閒嗑牙的材料；大夥回家之後就上床睡覺，拉起被子蒙住頭。小城一片漆黑，唯有愛蜜莉亞小姐的屋子例外，她的屋子裡每一個房間都一整晚燈火通明。

馬文·梅西和駝子必然是在天亮之前一個小時左右就離開了小城，臨走之前，他們還做了以下的事：

他們打開了藏寶櫃，拿走了每一樣寶物。

他們打爛了機器鋼琴。

他們把咖啡館每一張餐桌都刻上了污言穢語。

他們找到了那只金錶，錶殼可以從後面打開，裡頭有一張瀑布的照片，也拿走了。他們把一加侖的高粱糖漿傾倒在廚房地板上，還砸爛了每一瓶醃漬食品。他們跑到沼澤把釀酒廠搗了個稀爛，毀了全新的冷凝器和冷卻器，放火燒了小棚。他們弄了一盤愛蜜莉亞小姐最愛吃的食物，是粗玉米麵配香腸，加了足夠殺死全郡人的毒藥，故意放在咖啡館櫃檯上誘惑她。他們極盡一切破壞，但並沒有闖入愛蜜莉亞小姐那晚過夜的辦公室。完畢之後，他們相偕離開，那兩個傢伙。

愛蜜莉亞小姐就這麼孤零零的被丟下了。小城居民若是知道能幫得上忙，一定會幫助她，因爲小城的居民只要有機會，都很熱心助人。好幾個家庭主婦多管閒事，拿著掃把提議要清理善後，但是愛蜜莉亞小姐只是瞪著茫然的鬥雞眼，搖搖頭。史當皮．麥克菲在第三天過來買一塊菸餅，愛蜜莉亞小姐要價一元。咖啡館裡的所有貨品都在一夕之間漲價到一元。這算是哪門子的咖啡館？此外，她的行醫方式也變得很怪。多年來她一直比奇霍的醫生要受愛戴，她從來不會戲弄病人的靈魂，奪走他們眞正需要的東西，像是酒啦、菸草啦等等。只有極罕見的幾次她可能會諄諄警告病人不要吃炸西瓜之類的食物，不過這類玩意反正根本就沒人會想去弄來吃。可是現在她這種睿智的醫道全走了樣了。她告訴一半的病人他們會當場斷氣，而另一半的病人她則開給他們離譜得不像話的藥方，凡是腦袋正常的人都不會考慮。

愛蜜莉亞小姐任由頭髮亂長，而且她的頭髮也漸漸轉灰了。她的臉也變長了，身上結實的肌肉也縮水了，最後瘦得像是發瘋的老處女那樣。而那雙灰眼睛，一天比一天更鬥雞，彷彿左眼珠在找右眼珠，好交換一眼彼此都知道的悲傷淒涼。另外她的話說得也很難聽，尖酸刻薄得不得了。

只要有人提到駝子，她就會說這麼一句話：「哈！要是讓我逮到了，我會扯出他的喉管，丟去餵貓！」可怕的倒不是她說的話，而是說話的那種聲音。她的聲音失去了以前的熱力，再也沒有像她以前提到「我嫁的那個修紡織機的」或是其他敵人時那種忿忿的餘音。她的聲音支離破碎，輕輕軟軟，而且哀傷淒涼，就跟教堂裡的破風琴一樣。

足足三年的時間，她每晚坐在前門台階上，孤零零的一人，一言不發，俯瞰著馬路，等待著。可是駝子始終沒有回來。謠傳馬文·梅西利用他爬窗偷竊，另有一種說法是馬文·梅西把他賣給了雜耍團，不過兩種說法都是由默利·萊恩傳出來的，而他那個人的嘴裡從來沒有一句老實話。直到第四個年頭，愛蜜莉亞小姐才僱用了奇霍的一個木匠，要他把整棟屋子都釘死，從此她就在這些封閉的房間裡度過餘生。

是啊，小城眞的是冷冷清清的，沒有看頭。一到八月下午，街上空盪盪的，塵土飛揚，白茫茫的一片，天空則亮得跟玻璃一樣。沒有一個東西會動，連小孩子的聲音都聽不見，唯有紡織廠的機器低吟。桃樹似乎一年夏天比一年夏天歪扭得厲害，桃葉也是暗沉的灰色，帶著病態的柔弱。愛蜜莉亞小姐的屋子也向右傾斜得兇，距離完全倒塌也只是遲早的問題，居民也都盡量避開她家的院子。小城裡再也買不到好酒；最近的釀酒廠在八哩之外，而且品質不好，喝過的人肝上居然長疣，有花生米大小，而且還每天恍恍惚惚像作夢，逐漸縮進了危險的內心世界。小城裡找不到一件有意思的事可做。繞著貯水池散步，呆站著踢一根腐爛的樹樁，盤算著能拿教堂旁馬路邊的舊馬車車輪幹什麼。人的靈魂因爲無聊而腐朽。你還不如到佛克斯瀑布路去聽那些鎖在一塊服外役的犯人腳上的鐵鍊鏘鎯響算了。

十二個凡夫俗子

這音樂可以讓人心胸開朗，而聽的人則會因為狂喜和驚懼而聽得渾身發冷。

佛克斯瀑布路距離小城有三哩路，外役犯人就在這兒幹活。馬路是碎石路面，郡政府決定要把千瘡百孔的路面填補起來，再把某個危險路段拓寬。這群外役犯人一共十二個，全都穿著黑白條紋的囚服，腳踝用鐵鍊鎖住。由一名持槍獄卒押隊，他的眼睛因爲白日的光太強而瞇成了紅紅的兩條縫。犯人一整天不停幹活，天剛亮就挨擠在囚車裡送來，傍晚又在八月灰濛濛的暮色中回監獄。每天都是千篇一律，鶴嘴鋤掘地聲，酷熱的太陽，汗臭味。而且每天也都有音樂。某個悶悶不樂的人會率先發聲，半唱半說似的一句話，像在問什麼。一會兒之後另一個聲音應和，緊接著整幫人都唱了起來。金黃色的驕陽下歌聲顯得陰沉，而音樂纏結融合，既嚴肅又喜樂。歌聲會愈來愈宏亮，聽到最後不像是十二個人唱的，倒像是大地發出來的，或是遼闊的天空發出來的。這音樂可以讓人心胸開朗，而聽的人則會因爲狂喜和驚懼而聽得渾身發冷。慢慢的，歌聲變弱，最後僅剩一個人獨唱，接著是粗重的一聲喘息，酷熱的太陽，寂靜中鋤地的聲音。

唱出這種歌聲的是什麼幫派的人？不過是區區十二個凡夫俗子，七個黑人五個白人，都在本郡土生土長。只不過是區區十二個聚在一塊的凡夫俗子。

神童

什麼都不重要，重要的只有把樂曲必須要有的質感彈奏出來，帶出她心底必定有的東西。

她走進客廳，音樂背包撲通一聲貼著穿著冬天長襪的腿落在地上，另一隻手臂抱著很重的課本。她靜立一會兒，聽著工作室裡的動靜。鋼琴叮叮咚咚，還有悠揚的小提琴。接著比爾德巴赫先生用結實的喉音對她喊：

「是妳嗎，賓岑[1]？」

她脫掉無指手套，發現手指仍然依照今天早晨她練習的賦格曲的韻律在抽搐。「對，」她回答。「是我。」用了受格。

「我，」那聲音糾正她該用主格。「等一下。」

她聽見拉夫可維茨先生在說話——他說話像蠶兒吐絲，長長的一串哼吟，柔柔滑滑、模模糊糊的。跟比爾德巴赫先生比起來，幾乎像是女人在說話，她覺得。心神不寧讓她的注意力渙散。她摸弄著自己的幾何課本和《培利雄先生的旅程》[2]，之後才放到桌上。在沙發上坐下，把樂譜從書包裡拿出來。又一次看見了自己的手：輕顫的肌腱一路延伸到指關節，瘦疼的指尖纏著捲曲骯髒的膠帶。這一眼加深了幾個月前開始折磨她的恐懼。

她默念了幾句話，鼓勵自己。精彩的一課——精彩的一課——就跟以前一樣。比爾德巴赫先生遲鈍的腳步越過了工作室，門吱嘎一聲打開，她趕緊合上嘴巴。

一時間，她有種怪異的感覺，覺得十五年的人生裡似乎有大半的時間都看著這張從門口探出來的臉孔和肩膀，而四周寂然無聲，唯有隱隱撥動琴絃的單調聲音會打破這份安靜。比爾德巴赫先生。她的老師，比爾德巴赫先生。角質眼鏡後那雙機伶的眼睛；稀疏的淡色頭髮以及底下狹長的臉龐；飽滿的嘴唇，閉合得並不緊，下唇因為牙齒咬的關係而粉紅閃亮；太陽穴分叉的血管悸動得很清楚，在房間另一頭都看得見。

「妳是不是來早了？」他問，瞧了眼壁爐上的時鐘，一個月來時鐘都是指著十二點五分。「約瑟夫在這裡，我們正在練習他認識的人寫的小奏鳴曲。」

「好，」她說，努力擠出微笑。「那我當聽眾。」她能看見自己的手指軟綿綿的浸入了一長串模糊的琴鍵裡。她覺得好累，覺得他如果繼續盯著她看，她的手可能又會發抖。

他猶豫不決，停在房間的半中央，牙齒又重重咬住了紅腫的下唇。「餓了嗎，賓岑？」他問道。「安娜烤了蘋果蛋糕，還有牛奶。」

●1 德語「小蜜蜂」之意。
●2 法國劇作家拉比希（Eugéne Marin Labiche, 1815-1888）之作品。

「我等一下再吃，」她說。「謝謝。」

「等妳上完了精彩的一課之後——是吧？」他的嘴角似乎撐不住笑容了。工作室裡傳來了聲響，拉夫可維茨先生推開了另一片門板，站在他旁邊。

「法蘭西絲？」他說，微笑著。「近來好嗎？」

拉夫可維茨先生並不是故意的，可是他總是讓她覺得粗手粗腳，發育過盛。他實在是長得好瘦小，只要不拿著小提琴就一臉倦容。他的眉毛高高的拱在灰黃色的猶太臉孔上，彷彿是在提問，可是兩片眼瞼卻像昏昏欲睡，顯得冷漠倦怠。她看著他走進房間來，不像是有什麼目的，平靜的手指握著珍珠頭琴弓，拿著一塊松脂緩緩滑過白色的馬鬃。今天他的眼睛瞇著，犀利明亮，從衣領落下的亞麻手帕把他眼下的黑眼圈襯托得更清楚。

「我猜妳現在可進步多了。」拉夫可維茨先生說，儘管她仍未回答問題。

她看著比爾德巴赫先生。他轉身走開了，厚實的肩膀把門推得更開，讓下午的陽光從工作室的窗戶射進來，在灰濛濛的客廳裡投下黃色光柱。她看見老師背後的長鋼琴、窗戶、布拉姆斯的半身塑像。

「不，」她對拉夫可維茨先生說，「我彈得很糟。」她細瘦的手指翻著樂譜。「我不知道是怎麼回事。」她說，看著比爾德巴赫先生彎著的健壯背部一僵，凝神傾聽。

拉夫可維茨先生微笑了。「這種階段每個人都——」

鋼琴發出了很刺耳的和絃。「你不覺得我們應該趕快練習嗎？」比爾德巴赫先生問道。

「馬上來，」拉夫可維茨先生說，又再擦了一次琴弓，這才舉步朝門口走。她看見他從鋼琴上拿起了小提琴。他看見了她的眼神，放下了樂器。「妳看過海姆的照片了嗎？」

她的手指在書包的尖角上緊緊蜷著。「什麼照片？」

「海姆在《音樂郵報》上的照片，就在桌上。翻開第一頁。」

小奏鳴曲悠然揚起，不諧和卻簡單。空洞，卻又有它自己鮮明的風格。她伸手拿雜誌，翻開來。

海姆就在裡面，在左角。舉著小提琴，手指如鉤，懸在琴絃上，預備撥奏。暗色的嗶嘰燈籠褲整齊俐落地束在膝蓋以下，一件毛衣，衣領翻捲著。照片照得很差。雖說是側面的快照，但他的眼睛卻瞟向攝影師，而撥奏的那根手指看來像是撥錯了絃。看起來他爲了要轉過來看鏡頭，似乎很是辛苦。他瘦了，現在小腹不向外凸了，但是半年來並沒有改變太多。

海姆．伊斯列爾斯基。才華橫溢的年輕小提琴家，攝於河濱路老師的工作室。年輕的大師伊斯列爾斯基，很快就要過十五歲生日，獲邀演奏貝多芬協奏曲，與——

那天早晨，她從六點練琴到八點，之後，她爸要她和家人一塊坐下來吃早飯。她討厭早飯；吃過後總讓她覺得想吐。她寧可等他們吃完，拿四條巧克力棒和二十分的午餐錢，在課堂上慢慢啃——從手絹覆住的口袋裡變出一小口一小口的美食，但是銀色包裝紙窸窣響卻嚇得她靜止不動。但是今天早晨她爸卻在她的盤子上放了一個炸蛋，而她知道要是蛋爆開來——黏稠的蛋黃就會慢慢覆住蛋白——她會哭出來。結果眞的發生了。同樣的感覺到現在仍驅散不了。她小心翼翼把雜誌放回到桌上，閉上眼睛。

工作室內的音樂似乎是在狂烈笨拙地要求什麼要不到的東西。一會兒之後，她的思緒從海姆、協奏曲和照片上飄開來，再一次盤旋在那天的音樂課上。她在沙發上一寸寸挪動，直到可以把整個工作室收入眼簾爲止：兩人演奏著，凝視著鋼琴上的樂譜，縱情奏出樂譜上的一切。

她忘不了比爾德巴赫先生剛才瞪著她看的表情。她的雙手，到現在仍無意識地照著賦格曲的節奏在抽動，握緊了瘦得見骨的膝蓋。累了，她是累了。還有一種轉著圈子慢慢下沉的感覺，就像是練習過頭的夜晚在她沉沉入睡之前常有的感覺。就像那些疲憊的半夢半醒，嗡嗡嗚叫個不停，把她捲進了不停旋轉的空間。

神童——神童神童。這個字眼會以德語滾滾而出，震得她的耳朵轟隆響，隨即降爲喃喃聲。同時還會有一張張的臉孔在打轉，一會兒放大扭曲，一會兒縮小成模糊的小點——比爾德巴赫先生，比爾德巴赫太太，海姆，拉夫可維茨先生。一遍又一遍的轉圈，圍繞著喉音發的德語神童這個字眼。比爾德巴赫先生在圈子正中央愈變愈大，神情催促——他四周的人也一樣。

一小節一小節的音樂像翹翹板一般瘋狂地來回吱嘎。她一直在練習的音符跌落在彼此身上，像是手中握著的彈珠往樓下掉。巴哈、德布西、普羅高菲夫[3]、布拉姆斯——和她疲累的身體的遙遠搏動以及吵個不停的圈子極其怪異地合拍同步。

有時候，她練琴不超過三小時，或是沒去高中上課，她的夢就不會那麼紊亂。清晰的音樂在她心裡昂揚，而且短暫精準的小小回憶會湧回，跟那張娘娘腔的「純眞年代」照片一樣清楚，那張照片是海姆送她的，就在他們倆的聯合演奏會結束之後。

神童——神童。那時比爾德巴赫先生就是這麼叫她的，在十二歲那年，她第一次到他這裡

●3 普羅高菲夫（Sergey Prokofiev, 1891-1953）是俄國作曲家。

來上課。年紀大一點的學生也跟著這麼叫。

不過他倒沒有當面這麼叫過她。「賓岑——」（她有個簡單的美國名，可是他從來不用，除非是她犯的錯太離譜了，他才會用她的本名叫她。）「賓岑，」他總是說，「我知道一定很不好受，一天到晚頂著一個痛得那麼厲害的頭。可憐的賓岑——」

比爾德巴赫先生的父親是一位荷蘭裔小提琴家，他的母親則是布拉格人。他在捷克出生，青年時期在德國度過。她有好幾次巴不得不是在辛辛那提出生長大的土包子，哪兒也沒去過。「乳酪」的德語怎麼說？比爾德巴赫先生，「我聽不懂」的德語要怎麼說？

她第一天到工作室來，憑記憶演奏完了整首的〈第二匈號牙利狂想曲〉。暮光灑得房間灰霧霧的，還有他俯在鋼琴上方的那張臉啊。

「現在重來一遍，」第一天他這麼說。「這玩意——我是說演奏這玩意——不能只憑聰明。十二歲的女孩子手指可以彈到一個二度——並不代表什麼。」

他用粗短的手指拍拍寬闊的胸膛和額頭。「這裡，還有這裡。妳夠大了，可以了解了。」他點燃了一根菸，把第一口吐出的煙輕輕呼在她的頭頂上。「還有練習——練習——練習——我們現在從巴哈創意曲還有這些舒曼小曲開始。」他的雙手又動了起來，這一次是扭動她背後的檯燈，指著樂譜。「我會示範我希望妳怎麼練習。現在仔細聽。」

她練了將近三個小時，非常疲倦了。他低沉的嗓音不停迴盪，就彷彿是鑽進了她的腦海，久久才散。她想要伸手去摸他指著樂譜的有力手指，想去摸閃閃發亮的金戒指以及他手背上的汗毛。

週二放學後和週六下午她都有鋼琴課。每次週六課後，她通常都會逗留，留下來吃晚餐，飯後留下來過夜，隔天清早再搭電車回家。比爾德巴赫太太用她那種平靜，將近麻木的態度喜歡著她。她和先生非常不同，沉默寡言，豐腴遲緩。要不是待在廚房裡烹調他們兩人都愛吃的美食，就是躺在樓上臥室床上，閱讀雜誌或隨手亂翻，臉上似笑非笑。當初兩人在德國結婚，她是一位浪漫曲歌手。現在卻完全不唱了，她說是因爲嗓子壞了。要是比爾德巴赫先生把太太從廚房叫出來聽某個學生演奏，她總是帶著笑，讚道：「很好，非常好。」

法蘭西絲十三歲那年才突然發現比爾德巴赫夫婦並沒有孩子，感覺起來很奇怪。有一次她跟比爾德巴赫太太到廚房裡，而他則大步從工作室進來，被某個學生給惹惱了。他太太站在爐子前攪動一鍋濃湯，他伸手按住了她的肩膀，她轉過去，一派心平氣和，而他則抱住了她，把悻悻的臉埋入她白皙無力的頸間。兩人就這麼站著，動也不動。過了一會兒，他猛然抽開臉，怒氣已散，換上了不見表情的沉靜，又回到工作室去了。

在她跟著比爾德巴赫先生學琴之後，她就沒有時間和高中同學來往，海姆成了她唯一的同齡朋友。海姆是拉夫可維茨先生的學生，會在傍晚跟著老師一塊過來比爾德巴赫先生這裡，那時她也在。兩個學生會聆聽老師演奏，而通常兩個學生也會一起練習室內樂，莫札特的奏鳴曲或是布洛赫[4]的。

神童──神童。

海姆是個神童。他跟她，在當時。

海姆打從四歲起就拉小提琴，他不必上學；拉夫可維茨先生的兄弟──是個瘸子──會在下午教他幾何、歐洲史、法語動詞。等海姆十三歲，琴藝就可以和辛辛那提隨便哪位小提琴家媲美了──大家都是這麼說的。可是拉小提琴一定比彈鋼琴要簡單，她知道一定是的。

海姆的身上總是散發出燈芯絨褲子以及他吃的食物和松脂的味道，而且有一半的時間，他的手指關節總是髒兮兮的，毛衣衣袖露出來的襯衫袖口也總是不乾淨。他演奏時，她總是盯著他的手看：只有在關節的地方比較細，剪得很短的指甲上方有小小硬硬的肉突，而他拉弓的手腕上則有很清楚的肉褶子，看起來像是小嬰兒。

在夢中，以及在清醒時，她都只能隱約記得演奏會的情形。一直到演奏會過後幾個月，她才知道對她而言並不是一場成功的演奏會。不錯，報紙給海姆的讚譽比給她的多，可是他比她矮多了。兩人並立在舞台上，他只有她的肩膀高。看在別人眼中可是有差別的，她知道。何況，還有他們合奏的奏鳴曲，布洛赫的作品。

「不，不──我不覺得適合，」比爾德巴赫先生在聽見要以布洛赫為結束曲時曾這麼說。「最好是約翰‧鮑威爾[5]的作品──〈維多利亞式奏鳴曲〉。」

當時她並不了解；她也跟拉夫可維茨先生和海姆一樣想要演奏布洛赫。

最後是比爾德巴赫先生讓步了。演奏會後，報上的樂評說她缺少演奏這類型音樂的氣質，說她的演奏薄弱、缺乏感情，她才覺得上當了。

「全是些老掉牙的論調，」比爾德巴赫先生說，朝著她抖動報紙。「跟妳沒關係，賓岑。就讓那些海姆啦、維茨啦、斯基的去陶醉好了。」

●4 布洛赫（Ernest Bloch, 1880-1959）是美籍瑞士裔作曲家，以反映猶太傳統之作品而聞名。
●5 鮑威爾（John Powell, 1882-1963）是美國鋼琴家、作曲家。

神童。無論報紙怎麼說，他曾這麼叫過她。

為什麼海姆在演奏會的表現會比她好得多？有時候在學校裡，照理說她是應該看同學在黑板上解幾何題的，可是這問題卻會像利刃在她心裡扭轉。她連上床睡覺時也會擔心，甚至在該專心練琴時，仍然甩不掉這個問題。原因不只是布洛赫，也不是因為她不是猶太人——不盡然是這個緣故。也不是因為海姆不用上學，年紀很小就開始練琴。原因是——？

一度她以為自己知道。

「練習幻想曲和賦格。」比爾德巴赫先生一年前有一天傍晚這麼要求她——就在他和拉夫可維茨先生看過了某些樂譜之後。

這首巴哈曲，她一邊演奏，一邊覺得自己奏得很好。她從眼角看見比爾德巴赫先生臉上平靜愉快的表情，看見他的雙手會離開椅背，抬得老高，又軟軟放下，很滿意最緊要的幾個小節演奏得很成功。結束後，她推開琴凳站起來，吞嚥口水來鬆弛無形中音樂在她的喉嚨和胸膛纏繞的繩子。可是——

「法蘭西絲——」拉夫可維茨先生那時突然開口，盯著她看，薄唇向上彎，眼瞼幾幾乎覆蓋住了眼睛。「妳知道巴哈有幾個孩子嗎？」

她轉過去，一頭霧水。「一大堆，二十多個吧。」

「那麼——」他嘴角上的笑在蒼白的臉上微微加重。「那麼他就不可能這麼冷冰冰的吧。」

比爾德巴赫先生不高興了；嘟囔了幾句喉音重的漂亮德語，她只聽見一個「童」字。拉夫可維茨先生揚起了眉毛。她當下就明白他的意思，但是她保持表情空白天眞，並不覺得是在欺騙，因爲比爾德巴赫先生就是希望她這種樣子。

可是這些事與此無關，起碼沒有很大的關係，因爲她會長大。比爾德巴赫先生明白，就連拉夫可維茨先生剛才也是話中有話。

在她的夢中，比爾德巴赫先生的臉孔逐漸顯現，在旋轉的圈子核心收縮。嘴唇輕輕嚦起，太陽穴的血管搏動個不停。

可是有時候，在她入睡前，她會有十分清晰的記憶；像是她把長襪腳跟上的洞往下拉，好讓鞋子遮住破洞。「賓岑，賓岑！」接著是比爾德巴赫太太的縫紉籃浮上腦海，她示範該如何捲線，而不是一堆堆的團在一起。

還有她中學畢業的時候。

那個週日早晨吃早餐時，她向比爾德巴赫夫婦說起他們練習行進到大禮堂的情形，比爾德巴赫太太問她：「妳穿什麼衣服？」

「我表姐去年穿過的晚禮服。」

「啊——賓岑！」他說，厚實的兩隻手捧住了暖暖的咖啡杯，抬頭笑望她，眼角有皺紋。「我打賭我知道賓岑想要的是什麼——」

她解釋說自己眞的不介意，可是他仍堅持己見，不相信她的說法。

「像這樣，安娜。」他說，把餐巾推到桌子對面，用蓮花步朝屋子的另一頭裝模作樣地走去，扭腰擺臀，角質眼鏡後的眼睛翻了個白眼。

下一個週六下午，鋼琴課結束後，他帶著她到市區的百貨公司。售貨小姐把布料展開來，他用粗粗的手指撫弄著薄如蟬翼的織品和窸窣響的塔夫綢。他舉起不同顏色的料子到她的臉旁，歪著頭打量，最後選定了粉紅色。還有鞋子，他也沒忘記。比爾德巴赫先生最喜歡一雙白色淺口無帶輕舞鞋，但她覺得很像是老太太穿的，而且腳背上的紅十字感覺像是紅十字會的。不過這些都無關緊要。比爾德巴赫太太開始剪裁，用大頭針別在她身上，比爾德巴赫先生會停下音樂課，在一邊旁觀，建議在臀部和頸部加荷葉邊，肩膀上再加朵漂亮的玫瑰。那時她的鋼琴課上得很順利。衣著、畢業典禮，這類雜事都不重要。

什麼都不重要，重要的只有把樂曲必須要有的質感彈奏出來，帶出她心底必定有的東西來，練習，練習，練到比爾德巴赫先生的臉上少掉一點促迫的神情。把邁拉．赫斯[6]，耶胡迪．曼紐因[7]，甚至是海姆擁有的東西放進她的音樂裡！

四個月來她究竟是起了什麼變化？音符開始像是膚淺死亡的轉調蹦出來。青春期吧，她覺得。有些小孩前途似錦，不斷的練習練習，直到有一天，跟她一樣，最微不足道的事情都害他們哭起來，而且因爲努力要克服那種感覺——渴望什麼的感覺——有什麼怪異的事發生——反而弄得自己心力交瘁。可不會是她！她就像海姆，她必須要像。她——

以前她的天分是肯定的。而且天分這東西也不是說會失去就失去的。神童……神童……他是這麼說她的，以篤定深刻的德語說著這個字眼。而在夢裡甚至更深刻，更篤定。他的臉漸漸顯現，而渴盼的一小節一小節樂音也融入了這個徐徐放大、繞圈旋轉、旋轉、旋轉的——神

●6　赫斯（Myra Hess, 1890-1965）是英國女鋼琴家。
●7　曼紐因（Yehudi Menuhin, 1916-1999）是烏克蘭裔小提琴家。

童。神童……

這天下午比爾德巴赫先生並沒有和平時一樣送拉夫可維茨先生到門口，反而坐在鋼琴前，輕輕按著一個單調的琴鍵。法蘭西絲一面聽著，一面看著小提琴家拿圍巾纏住蒼白的喉嚨。

「海姆的照片照得不錯，」她說，拿起樂譜。「兩個月前我收到他的信——他說他聽到許納貝爾•[8]和胡柏曼•[9]演奏，還提到卡內基廳，和俄國茶室的餐點。」

爲了要拖延進工作室的時間，她一直等到拉夫可維茨先生準備好離開，在他打開前門時站在他後面。屋外降霜的寒冷鑽進了室內。天色漸暗了，空氣也被冬天淡黃暮色渲染了。門慢慢關上，屋裡更暗，也更安靜，比她所知道的時候還要安靜。

她進入工作室，比爾德巴赫先生從鋼琴前起身，默默看著她在鋼琴前坐好。

「好，賓岑，」他說，「今天下午我們要重新開始。從頭來一遍。把過去幾個月都忘了。」

他那樣子就像是要在電影裡軋一角似的。結實的身體從腳趾到腳跟在搖擺，兩手互搓，甚至連笑容都像是電影明星的得意笑容。但是一眨眼之間，他又粗魯地換掉了這種態度。厚實的肩膀塌了下來，著手翻揀她帶來的一疊樂譜。「巴哈——不，暫時不要，」他喃喃說。「貝多芬？好，變奏奏鳴曲。作品二十六。」

琴鍵圍住了她，僵硬、慘白、好似死了。

「等等，」他說。他立在鋼琴的彎曲面部那兒，手肘支在邊緣，注視她。「今天我要妳來點不一樣的。來，這首奏鳴曲——這是妳彈的第一首貝多芬奏鳴曲。每一個音符都在妳的控制下——從技術層面上來說——沒有什麼是妳要處理的，只有音樂本身。現在只管音樂，妳的腦子裡就只想著音樂就好。」

他翻著她的樂譜，最後找到了地方。接著他把教學椅拖到房間中央，轉過來，坐下，兩腿跨過椅背。

她知道，也不知是什麼緣故，他這種坐法往往會讓她的演奏也表現精彩。但是今天她卻覺得她會用眼角去瞄他，無法專心。他的背挺得很直，向旁歪斜，兩腿也很緊繃的樣子。沉重的樂譜架在椅背上，隨時有掉下來的可能。「好，開始吧。」他說，目光斷然射向她這邊。

●8 許納貝爾（Artur Schnabel, 1882-1951）是奧地利出生的美國古典鋼琴家。

●9 胡柏曼（Bronislaw Huberman, 1882-1947）是波蘭小提琴家。

她兩手握拳懸在琴鍵上方，隨即落下。頭幾個音符太用力，接下來的幾小節則冷冰冰的沒有韻味。

他立刻揚起了一隻手，動作很醒目。「等等！先想想妳在彈的是什麼。一開始有什麼註記？」

「徐緩，行板。」

「好，那就別拖拖拉拉的成了慢，柔板。還有，妳要彈進琴鍵裡面，而不是把琴鍵揪出個一點點。這個徐緩，行板得要優雅醇厚——」

她再來一遍。兩隻手似乎和心中的音樂分了家。

「聽好，」他又打岔。「這些變奏曲裡有哪一首是主軸？」

「輓歌。」她回答。

「那就要有輓歌的味道。這是一曲徐緩．行板——不是妳剛才彈的沙龍樂。一開始柔柔的，弱，在琶音之前漸漸放大，讓音樂溫暖，有戲劇性。在這裡——標記著柔和的地方，讓對比旋律唱出來。這些妳都知道啊，我們以前就都練習過了。好，彈吧。要體會貝多芬當初譜曲的心情，體會那種悲劇和限制。」

她沒辦法不去看他的手，他的手似乎是小心翼翼擺在樂譜上，隨時準備要舉起來，只要她一彈奏，他就會揚手，像是休止符，那閃爍著光芒的戒指會要她停下。「比爾德巴赫先生——我可不可以——可不可以讓我從第一首變奏曲一路彈下去，不要停，這樣我可能會彈得比較好。」

「好，我不打斷妳。」他說。

她蒼白的臉孔太靠近琴鍵。她奏完了第一部，看他點頭，又接著彈第二部。她並沒有出錯，可是一個一個小節卻在她還沒來得及把心中的感受放進去之前，就自行從她的指下流瀉而出。

演奏結束後，他放下樂譜，用開門見山的語氣說話：「我幾乎沒聽見右手的和聲填充。還有，順帶一提，這部分應該是有一份張力，逐漸彰顯出應該隱含在第一部的預兆。沒關係，再接著彈。」

她想要以含蓄的邪惡開始，慢慢展現出深沉膨脹的哀愁。她的心是這麼告訴她的，可是她的手卻像是黏在琴鍵上了，像是軟趴趴的通心麵，而且她也想像不出音樂該有的樣子。

最後一個音符的餘音消散之後，比爾德巴赫先生闔上了樂譜，從椅子上起身，動作非常慢。他的下巴左右擺動，從分開的嘴唇，她可瞥見健康的粉紅色喉嚨以及被香菸染黃的利牙。他戰戰兢兢地把貝多芬放回到她的其他樂譜上，又一次把手肘支到了平滑的黑鋼琴上。「不對。」他只說了兩個字，凝視著她。

她的嘴發起抖來。「我沒辦法，我——」

突然間，他嘴唇一扯，露出了笑容。「聽著，賓岑，」他用勉強的聲音重新開口。「妳現在還在練習〈快樂的鐵匠〉[10]吧？我說過不要把這首從常備曲目裡刪掉。」

「對，」她說。「我有時會練習。」

他的聲音像是哄小孩子。「那是在我們一起練習的頭幾首曲子裡——記得嗎？妳以前彈得好用力——就像真的是鐵匠的女兒。妳知道，賓岑，我很了解妳——就像我親生女兒一樣了解。我知道妳有天賦——我聽過妳彈奏過好多優美的樂曲。妳以前——」

他說到後來不知所云，只好停下，拿著短短的香菸，吸了一口。煙從他粉紅色的唇間呼出，在她又長又直的頭髮上以及稚氣的額頭上形成一團灰霧。

「要彈得快樂單純。」他說，扭開了她背後的檯燈，從鋼琴邊退了開去。

有一會兒，他就站在檯燈照出的光圈之中，接著一時衝動，他在地板上坐了下來。「要有活力。」他說。

她沒辦法不去看他，一腳坐在屁股下，另一腳在面前曲起，保持平衡，強健的大腿肌肉在長褲下拉緊，背脊挺直，手肘穩穩地支著膝蓋。「要彈得簡單，」他又說一次，肉肉的雙手也跟著揮動。「想著鐵匠——整天都在陽光普照的天氣裡打鐵。輕鬆的幹活，沒有人打擾。」

她沒辦法低頭看鋼琴。燈光照亮了他張開的手背上的汗毛，照得他的眼鏡鏡片熠熠生輝。

「一丁點都別漏掉，」他強調。「開始！」

她覺得骨頭是中空的，身上一滴血也不剩，一整個下午都在胸腔裡跳躍的心臟剎那間死亡了，她看見心臟變得灰灰軟軟的，邊緣還收縮，像是牡蠣。

他的臉孔彷彿蹦了出來，蹦到她面前的空間裡，愈逼愈近，太陽穴上血管還不停抽動。她向後退，低頭看著鋼琴。嘴唇抖得像果凍，一波無聲的眼淚模糊了她的視線，白色琴鍵變成水水的一條線。「我不行，」她低聲說。「我不知道為什麼，可是我就是不行——再也不行

●10 德國作曲家韓德爾之作品。

了。」

他緊繃的身體懈怠了下來，一手按地，支起了身體。她抓緊樂譜，匆匆從他面前通過。

她的大衣、手套和長筒橡皮套鞋、課本和他送她當生日禮物的書包，全都從屬於她的安靜房間拿來了。快點，以免他說什麼。

她通過門廳，不由自主看見了他的手，伸向前，而他的身體倚著工作室的門，放鬆又漫無目標。門牢牢關上。拖著課本和書包，她搖搖晃晃步下石階，轉錯了方向，急忙忙沿街走去，街道上已是鬧烘烘的，腳踏車來來去去，小孩子遊戲玩鬧。

騎師

人人都有伴，這天晚上沒有一個人自己喝悶酒。

騎師來到餐廳門口，過了一會兒，斜跨了一步，站定了，動也不動，背靠著牆。餐廳內座無虛席，因爲今天是本賽季的第三天，城裡每一家旅館都客滿了。餐廳內一束束八月玫瑰的花瓣散落在白色桌巾上，毗鄰的酒吧傳來一陣熱鬧的醉言醉語。騎師靠牆而立，等待著，並以瞇緊起皺紋的雙眼審視餐廳，最後視線落在斜對角的一張桌子，三名男子圍桌而坐。騎師定睛細看，抬起了下巴，頭向後偏向一側，矮小的身體漸變僵硬，手也一樣愈來愈僵硬，最後手指向內蜷，像灰色的爪子。繃著身體靠在餐廳牆上，他注視著，等待著。

這晚他穿了身綠色中國綢套裝，十分合身，而且尺碼就像是小孩的戲服。襯衫是黃色，條紋領帶淡雅柔和，沒戴帽子，劉海濕漉漉直挺挺貼著額頭。瘦削的臉上神情疲憊，看不出年紀，膚色灰敗，太陽穴凹陷，嘴上露出冷硬的微笑。過了一會兒他才知覺到三人中有一人看見了他，但騎師並沒頷首回禮，反而把下巴仰得更高，用一根僵硬的大拇指勾住了外套口袋。

角落那桌的三人分別是訓練師、賭注登記員、富翁。訓練師叫席維斯，是條魁梧大漢，一身肌肉鬆垮垮的，長了個酒糟鼻，藍眼珠不怎麼機伶。賭注登記員叫西門斯。富翁是馬主，他的馬叫謝爾策，騎師這天下午才騎過。三人喝著威士忌加蘇打水，穿白外套的侍者剛端上了主菜。

第一個看見騎師的人是席維斯，一看到他馬上就別開臉，放下酒杯，緊張得用大拇指壓紅鼻頭。「畢奇・巴羅，」他說。「站在對面，在看我們這邊。」

「哦，騎師啊，」富翁說。他面牆而坐，半轉過頭來看後面。「請他一道過來吧。」

「千萬不要。」席維斯說。

「他是瘋子。」西門斯說，登記員的聲音單調，沒有轉折。他生就一張賭徒臉孔，經過仔細的調整，表情永遠介於恐懼和貪婪之間，一成不變。

「我是不會那麼說啦，」席維斯說。「我認識他很久了，他還不賴，可是半年前卻變了。他要是再這麼下去，我看他連再一年都混不下去了，眞的。」

「都要怪邁阿密。」西門斯說。

「怎麼說？」富翁問。

席維斯瞧了瞧房間對面的騎師，伸出紅色多肉的舌頭舔了舔唇角。「出了意外，有個小伙子在跑道上受了傷，斷了條腿和一邊臀骨。他是畢奇的好夥伴，是個愛爾蘭小伙子，騎術也不賴。」

「眞可惜。」富翁說。

「是啊，他們倆的交情很特別，」席維斯說。「到畢奇的旅館房間一定找得到他。他們不是玩拉米牌戲•1，就是躺在地板上一塊看運動版。」

「那就難怪了，」富翁說。

西門斯切割牛排，叉子朝下，小心地用刀子把蘑菇推到叉背上。「他是瘋子，」他又說一遍。「他讓我全身發毛。」

餐廳裡一個空位也沒有，正中的宴會桌坐了一群人。綠白雙色的八月飛蛾找到了路，從外面飛了進來，繞著清澈的燭火打轉。兩個女孩穿著法蘭絨老爺褲和鮮豔的運動上衣，手挽手穿過了餐廳，進了酒吧。外頭大街上響起假日的歇斯底里笑鬧聲。

「聽說八月的沙拉托加（位於美國加州）是世界上最富有的城市，」席維斯轉頭跟富翁說。「你看呢？」

「我哪兒知道，」富翁說。「很有可能是眞的。」

西門斯很優雅的用食指尖抹掉嘴上的油膩。「那好萊塢呢？還有華爾街——」

騎師離開了牆邊，正朝角落這一桌走來。步伐大，步態一本正經，每一步邁出，雙腿都像甩了個半圈，鞋跟俐落地踩進地板上的紅色天鵝絨地毯裡。經過宴會桌，他擦到了一名一身白綢的胖女士的手肘，立刻退後一步，鞠躬道歉，像個花花公子似的禮數周到，眼睛差不多是閉著。穿過房間後，他拉開一張椅子，在角落這桌坐下，坐在席維斯和富翁之間，卻連點頭爲禮都沒有，僵硬的神色也絲毫不變。

「吃過飯了嗎？」席維斯問。

「說是吃過了也無不可。」騎師的嗓音高亢、尖刻、清朗。

席維斯小心翼翼把刀叉放在盤子上，富翁在座位上動了動，側著身體，兩腿交疊。他穿著斜紋馬褲，靴子沒擦，褐色外套也破破舊舊的——每逢賽馬季他總是日日夜夜這一身打扮，可是誰也沒見過他騎馬。西門斯照舊埋頭吃他的晚餐。

「要不要來點礦泉水？」席維斯問。「還是別的東西喝？」

騎師不回答，反而從口袋裡掏出一個金色菸匣，啪的一聲打開來。裡頭有幾根菸、一把金色袖珍小刀。他拿刀把一根菸切成兩截。等到點燃了菸，才朝一名經過的侍者招手。「肯德基波本。」

編注●1 盛行於美國的一種紙牌遊戲。基本玩法是形成三、四張同點的套牌，如四個8、三個6等，或者不少於三張的同花順，如方塊3456等）。

「聽著，小伙子，」席維斯說。

「少來這一套。」

「講點道理，你總該知道不能鬧事吧。」

騎師扯動左邊嘴角，露出僵硬的嘲笑，目光落在桌上的食物，可是立刻又向上看。富翁的面前是一份砂鍋魚，加了白醬焗烤過，上頭點綴了香菜。席維斯點的是切半英式鬆餅加火腿和水煮荷包蛋，澆上荷蘭醬，配菜有蘆筍、塗奶油的新鮮玉米，還有一碟黑橄欖。騎師正前方的餐桌上擺了盤炸薯條。他並沒有再看食物一眼，而是把收緊的眼睛盯著桌子中央怒放的淡紫色玫瑰。「我想你可能不記得一個叫馬奎爾的人了吧？」他說。

「嘿，等等。」席維斯說。

侍者送上了威士忌，騎師用又小又強健又長老繭的手指把玩著玻璃杯。他的手腕上戴了條金鍊，不時敲到桌沿。玻璃杯在兩個手掌心裡轉來轉去，騎師突然兩口就把威士忌喝下了肚，重重放下了酒杯。「不，我不覺得你的記性有那麼好，記得住那麼久以前的事。」他說。

「我當然記得，畢奇，」席維斯說。「你今天是怎麼回事？是不是有小伙子的消息？」

「我收到一封信，」騎師說。「我們談的這個人禮拜三拆了石膏，一條腿短了兩吋，如此而已。」

席維斯的舌頭嘖嘖響，搖搖頭。「我明白你的感受。」

「是嗎？」騎師看著桌上的菜餚，從砂鍋魚看向玉米，最後盯著那盤炸薯條，臉色一緊，迅速往上看。一朵玫瑰凋謝，花瓣散落，他拾起了一片，以拇指和食指揉碎，放進了嘴裡。

「那種事總是在所難免啊。」富翁說。

訓練師和賭注登記員都吃飽了，可是盤子前的大餐盤裡仍有剩菜。富翁把染了牛油的手指浸到水杯裡，再用餐巾擦手。

「怎麼？」騎師說。「沒有人要我遞什麼東西過去？還是說你們要再點一份？再來一塊牛排，各位，還是——」

「拜託，」席維斯說。「講點道理。你何不上樓去？」

「是啊，我幹嘛不上樓呢？」騎師說。

他一本正經的聲音拉高了，透著點歇斯底里的牢騷。

「我幹嘛不上樓到房間去，走來走去，再寫幾封信，然後像個乖孩子一樣上床睡覺？我幹嘛不乾脆——」他把椅子向後推，站了起來。「去你的，」他說。「去你奶奶的。我要喝酒。」

「我只能說你是在葬送自己，」席維斯說。「你知道喝酒對你的影響，你知道得很清楚。」

騎師穿過了餐廳，進了酒吧，點了一杯曼哈頓，席維斯看著他兩邊腳跟緊緊併在一起，身體之僵硬就像是鉛鑄的士兵，他握著雞尾酒杯，翹著小指頭，緩緩啜著酒。

「他瘋了，」西門斯說。「我一點也沒說錯。」

席維斯轉頭跟富翁說話。「要是他吃下一塊小羊排，一個鐘頭之後你還能在他的胃看見小羊排的形狀。他吃下肚的東西再也沒辦法排出來了。他一百一十二點五磅，離開邁阿密之後，他就胖了三磅。」

「騎師不該喝酒。」富翁說。

「食物已經不像以前一樣讓他滿足了，而且他沒辦法往外排。要是他吃下一塊羊排，你可以看見羊排停在他的胃裡，不再往下走。」

騎師喝完了曼哈頓，喉頭嚥了嚥，用大拇指把杯底的櫻桃壓碎，再把杯子推開。剛才那兩名穿著鮮豔運動上衣的女孩就站在他左手邊，看著彼此，吧檯的另一端有兩個打探賽馬小道消息的人開始爭辯世界第一高峰是哪一座山。人人都有伴，這天晚上沒有一個人自己喝悶酒。騎師拿一張嶄新的五十元鈔票付錢，找回的零錢他連數都沒數。

他走回餐廳，走向三人仍圍坐的那一桌，但是他沒坐下來。「不，我不敢以爲你的記性有那麼好，」他說。他實在好矮小，桌面幾乎要跟他的腰帶一般高，所以他用削瘦結實的手抓緊桌沿，並不需要彎腰。「不，你太忙著在餐廳狼吞虎嚥，你太——」

「幫幫忙，」席維斯懇求他。「講點道理。」

「講道理！講道理！」騎師灰色的臉顫動，隨即露出卑鄙凍結的奸笑。他晃動桌子，把盤子晃得叮叮響，有那麼一會兒，似乎就要把桌子給掀了，可是冷不防又住了手。伸手到最靠近他的盤子，故意拿了幾根薯條塞進嘴裡，慢條斯理咀嚼著，上唇向上翹，接著一個轉身，把滿嘴的軟糊吐在光滑的紅色地毯上。「公子哥兒，」他說，聲音既單薄又不穩。他在口中翻攪這個字眼，彷彿它有什麼滋味，有什麼讓他滿足的實體。「你們這些公子哥兒。」他又說一遍，隨即轉身跨著他僵硬的搖擺步伐，走出了餐廳。

席維斯聳了聳一邊鬆垮垮的肩膀。富翁拿餐巾吸了吸傾倒在桌布上的水。到侍者來把桌子收拾乾淨以前，誰也沒有開口。

了解，懊悔，毫無道理的愛意

諸般情緒洶湧翻騰，他用手捂住了臉。

一直到心底的激動平息了下來……

濟蘭斯基夫人與芬蘭國王

對萊德學院音樂系系主任布魯克先生來說，能邀請濟蘭斯基夫人來校任教，全是他一個人的功勞。學院自認十分幸運；她在樂界赫赫有名，無論是作曲或教學都備受稱譽。布魯克先生也攬下了爲濟蘭斯基夫人找房子的責任，這房子得要有花園，離學院近，而且就在他自己住的音樂系校舍旁邊。

西橋這邊的人在濟蘭斯基夫人到來之前沒有一個人認識她。布魯克先生在音樂期刊上看過她的照片，後來提筆寫了封信給她，討論某份布克斯特胡德[1]手稿的眞實與否。等到確定她同意到學院任教，他們也互通了幾次電報和信件，商討實際的事宜。她寫了一筆方正嚴謹的好字，而這些信件中唯一出奇的地方是她偶爾會提到一些布魯克先生完全不知道的對象和人物，比方說是「里斯本的黃貓」或是「可憐的亨利克」。這類筆誤被布魯克先生歸因於濟蘭斯基夫人和家人遷離歐洲而引起的混亂。

布魯克先生可以說是個淡泊的人；多年浸淫莫札特小步舞曲，詮釋減七和弦及小三和弦，讓他多了份處處留神的職業耐性。別的不提，他最大的好處就是銷聲匿跡。他厭惡學術界的無聊瑣事和數不完的委員會。多年之前，音樂系決定要全體教職員相偕到薩爾斯堡去度暑假，布魯克先生卻在最後一分鐘抽腿，一個人到秘魯走了一趟。他本身就有些怪癖，所以對別人的特立獨行頗能體諒；說正格的，他其實還挺珍視這些怪癖的。經常，碰上了某種嚴重又不當的情況，他會覺得心裡一陣搔癢，而他那張溫和的長臉就會變僵，灰眸也會綻放精光。

秋天開學前一週，布魯克先生到西橋車站去接濟蘭斯基夫人，一眼就認出她來。她很高，背脊挺直，臉色蒼白憔悴，眼底有黑眼圈，一頭蓬亂的暗色頭髮向後梳，露出了額頭。她的手大而細緻，卻非常骯髒。給人的整體感覺是高貴空靈，害得布魯克先生稍微退後了一會兒，緊張地解開袖釦。儘管衣著老舊——黑色長襯衫，破爛的舊皮衣——她卻隱隱然給人一種優雅的印象。濟蘭斯基夫人還帶著三個孩子，都是男孩，年齡介於十到十六歲，全是金髮，眼神呆滯，但都長得很漂亮。另外還有一個人，是名老婦，後來才知道她是那位芬蘭籍僕人。

他到車站迎接的就是這麼一夥人。而他們唯一的行李是兩大箱手稿，至於其他的隨身用品卻在換車時遺忘在春田車站了。這類事情在所難免。布魯克先生讓他們坐上了計程車，還以為最大的難關已經闖過了，誰想到濟蘭斯基夫人卻突然七手八腳想從他的膝蓋上爬過去，打開車門下車。

●1 布克斯特胡德（Dietrich Buxtehude, 1637-1707）是丹麥管風琴家、作曲家。

「天啊！」她說。「我忘了我的——怎麼說來著？——我的滴答滴答——」

「您的手錶？」布魯克先生問。

「哎呀，不是！」她忿忿地說。「就是我的滴答滴答啊。」說著她還豎起食指，左右擺動，像鐘擺一樣。

「滴答滴答，」布魯克先生說，兩手撫額，閉上眼睛。「您難道說的是節拍器？」

「對！對！我想一定是掉在換車的那個車站了。」

布魯克先生設法安撫住她，甚至還說明天就會幫她找一個來，說話語氣竟還像個暈陶陶的俠義英雄似的。可是後來他不得不承認遺失了那麼多行李，卻獨獨爲一個區區的節拍器而大爲驚慌，這其中必定有什麼蹊蹺。

濟蘭斯基一家搬進了隔壁，表面上看來萬事順利。三個男孩都很文靜，分別叫做西格蒙、波利斯、山米。三人總是形影不離，也總是成一直線，排在第一個的通常是西格蒙。三個男孩交談的語言是融合了俄語、法語、芬蘭語、德語、英語的世界語，語音急切；怪的是，只要有別人在旁，他們就會變成啞巴。不過讓布魯克先生覺得不自在的並不是濟蘭斯基一家人做了什麼或是說了什麼，而是一些瑣碎的小事。比方說，濟蘭斯基家的男孩子在屋子裡總會讓他潛意識裡覺得怪異，最後他才明白是怎麼回事，原來他們從不走在地毯上，而是排成一直線繞過地毯，走在地板上；萬一整個房間都鋪了地毯，他們就站在門口，壓根不進去。另一件事是：幾週過去了，濟蘭斯基夫人似乎沒有意思要安頓下來，或是裝潢房子，所以屋裡除了一張餐桌、幾張床之外，別無長物。前門不論日夜都敞開著，沒多久房子就有了一種詭異的、淒涼的外觀，活像是棄置了多年的廢宅。

倒是學院對於請到了濟蘭斯基夫人這位教師可以說是一點抱怨都沒有。她教學非但熱心，而且毫不懈怠。要是有哪個瑪麗．歐文或是伯娜汀．史密斯膽敢把斯卡拉第[2]顫音彈得拖泥帶水，她會勃然大怒。她在學院的工作室裡有四架鋼琴，一次讓四個學生一起彈奏巴哈賦格曲，彈得他們頭暈腦脹的。從她的工作室那一頭會傳來響亮的喧嚷，可是濟蘭斯基夫人似乎沒有神經，完全不為所動；如果說純粹的意志力和努力就能了解某種音樂理念的話，那麼在萊德學院

[2] 斯卡拉第（Domenico Scarlatti, 1685-1757）是義大利作曲家、大鍵琴家。

裡可說是無人能出其右。晚上濟蘭斯基夫人忙著寫她的第十二號交響樂。她似乎從來不睡覺；無論布魯克先生是晚上幾點從客廳的窗戶望出去，總會看見她的工作室仍亮著燈。不，不是職業上的點點滴滴讓布魯克先生變得多疑起來。

他第一次覺得百分之百不對勁是在十月下旬。他和濟蘭斯基夫人一起吃午餐，度過很愉快的時光，聆聽她訴說一九二八年到非洲狩獵的詳細經過。那天下午，她到他的辦公室來，站在門口，很有點心不在焉的樣子。

布魯克先生抬頭，問：「有什麼事嗎？」

「沒，沒事，」濟蘭斯基夫人說，聲音低沉、優美、憂鬱。「我只是在想。你記得那個節拍器吧。你覺得可不可能是我把它留在那個法國人那兒了？」

「誰？」布魯克先生問。

「哎，就是我嫁的那個法國人啊。」她回答道。

「法國人，」布魯克先生和顏悅色地說。努力去想像濟蘭斯基夫人的丈夫是什麼模樣，卻怎麼想也想像不出來。他半是自言自語：「孩子們的父親。」

「哦，不，」濟蘭斯基夫人果斷地說。「是山米的父親。」

布魯克先生腦子裡閃過了一個預兆。他最深刻的本能警告他別多話，可是他對秩序、對良知的尊敬卻要求他發問。「那麼其他兩個孩子的父親呢？」

濟蘭斯基夫人一手放到後腦勺，揉亂了盤在頭頂的短髮。一臉的迷離，過了好一會兒仍沒有作聲。最後才輕聲說：「波利斯的父親是波蘭人，會吹短笛。」

「西格蒙呢？」他問。布魯克先生迅速的瀏覽了一遍井然有序的辦公桌：一疊批改好的作業，三枝削好的鉛筆，象牙雕的紙鎮。他抬頭看著濟蘭斯基夫人，只見她顯然是在苦苦思索。她凝視著房間一隅，眉毛低垂，下巴左右移動。最後才說：「我們是在討論西格蒙的父親嗎？」

「咳，不是的，」布魯克先生說。「根本沒必要談這件事。」

濟蘭斯基夫人以既有尊嚴又決斷的聲音回答：「他是我的同胞。」

不管是不是，布魯克先生其實都不在意。他並沒有偏見；就算妳結個十七次婚，生了中國孩子也無所謂。可是和濟蘭斯基夫人的這段談話卻讓他感到困惑。驀然之間，他恍然大悟：三個男孩沒有一個像濟蘭斯基夫人的，可是彼此卻十分酷似，而既然他們的父親都不同，三個男孩會這麼像，布魯克先生覺得真是不可思議。

可是濟蘭斯基夫人已結束了這個話題，拉起了皮衣拉鍊，轉身走掉了。

「我就是掉在那兒了，」她說，快速的一個點頭。「在那個法國人那兒。」

音樂系的系務一帆風順。布魯克先生並沒有什麼嚴重的尷尬情況需要處理，不像去年教豎琴的老師最後跟一名修車師傅私奔了。倒是事關濟蘭斯基夫人，他心中的不安始終沒有平息過。他想不通跟她的關係是哪裡出錯了，也想不通他的感受爲什麼那麼混亂。她的足跡遍及全世界，而且在談話中總是會莫名其妙提到許多牽強附會的地方。她會一連幾天不發一語，雙手插在皮衣口袋裡，一臉的沉思默想，在走廊鬼鬼祟祟地飄來蕩去，然後又在眨眼之間攔住布魯克先生，自顧自高談闊論，言語反覆，而且一說就沒完沒了，雙眼亮晶晶的，滿不在乎，聲音急切熱誠。她嘰哩呱啦，也不知是在說什麼。可是，每次都一樣，她提到的每一段插曲都帶著點怪誕的味道。就算她說的是帶山米去理髮，聽起來也會像是在述說巴格達的一天下午。布魯克先生實在想不通是怎麼回事。

一直到後來他才冷不防的發覺了眞相，而知道了眞相之後，所有事情都豁然開朗，至少是撥開了雲霧。布魯克先生有一天早早回家，燃起了客廳的爐火。這天傍晚他覺得舒適平靜。穿著長襪坐在爐火前，身旁桌上擺著一本威廉・布雷克[3]的書，還斟了半杯杏子白蘭地。十點整，他在爐火前打盹，心裡盡是馬勒[4]模模糊糊的音樂和似眞似假的念頭。一剎那之間，朦朦朧朧中，四個字蹦進了他腦海：「芬蘭國王」。聽起來很耳熟，可是剛開始他想不出是打哪兒聽來的，但是立刻就知道了。這天下午他在校園裡走著，正巧遇見濟蘭斯基夫人，被她攔了下來，又聽她顛顛倒倒說廢話，他只是一個耳朵進一個耳朵出，心裡惦著的是那一疊對位法班交上來的卡農作業。而在這當口，她說的話，她的聲調起伏，竟在不知不覺中一字不漏的浮現。濟蘭斯基夫人的那番話是以這句起頭的：「有一天，我站在一間糕餅鋪前面，看見芬蘭國王坐著雪橇經過。」

布魯克先生猛然在椅子裡坐直，放下了白蘭地酒杯。這女人是個有病的騙子。她在課堂外說的每一句話九成都是謊話。如果她整晚工作，她也會跟你說她傍晚出去看電影了。要是她在老客棧吃午餐，她絕對會跟你說她在家跟孩子們一塊吃飯。說穿了她就是個有病的騙子，那麼

●3 布雷克(William Blake, 1757-1827)是英國詩人、藝術家、鐫版畫家及神話作家，浪漫主義的先驅人物。

●4 馬勒(Gustav Mahler, 1860-1911)是奧地利作曲家、指揮家。

所有的事情就都說得通了。

布魯克先生扳著手指關節，從椅子上站了起來。第一個反應是一種惱怒。濟蘭斯基夫人竟然敢日復一日坐在他的辦公室裡，用她那些誑言謊話來淹沒他！布魯克先生這下可真是惱火了。他在房間裡走來走去，後來又進了小廚房，做了份沙丁魚三明治。

一個小時之後，他坐在爐火前，氣惱變成了學者的沉吟。他必須要做的事，他告訴自己，是以客觀的態度來衡量整個情況，以醫師看待病人的眼光來看待濟蘭斯基夫人。她說的謊都不是耍心機玩心眼的那種。她並不是蓄意要欺騙誰，而且她說謊也從不是想要從中獲利。這才是最讓人發火的地方；她根本就沒有動機要說謊。

布魯克先生喝完了白蘭地。將近午夜時分，他才漸漸又有了另一種了悟。濟蘭斯基夫人說謊的原因既簡單又可憐。濟蘭斯基夫人一輩子都在工作——練琴，教學，譜出美麗又偉大的十二首交響樂。她日日夜夜的操勞，爲工作嘔心瀝血，沒有剩多少精力可以做別的事情。身爲一個人，她深受其苦，所以就想辦法來彌補。所以她如果一整晚都在圖書館裡苦讀，卻對外宣稱她打了一晚的牌，她是在假裝自己有辦法兩者兼顧。藉由這些謊言，她活得多姿多彩。謊言讓她工作以外僅存的一點點自我加大了一倍，讓她那一丁點的個人生活擴增了。

布魯克先生凝視著爐火，心中浮現的是濟蘭斯基夫人的臉龐：一張嚴厲的臉，幽暗、疲憊的眼睛，紀律嚴明卻柔弱的嘴。他知覺到胸中升起一股暖意，一絲憐憫、保護慾，以及讓他又敬又畏的了解。有一會兒，他心裡五味雜陳，但感覺並不討厭。

稍後，他刷牙，換上睡衣。他得實事求是。他究竟弄清楚了什麼？那個法國人，會吹短笛的波蘭人，巴格達都是怎麼一回事？還有孩子呢？西格蒙，波利斯，山米，他們又是誰？眞的是她的孩子，還是她打哪兒撿來的？布魯克先生擦亮眼鏡，放在床邊桌上。他得要馬上弄清楚她的底細，否則的話，系裡恐怕會埋下一顆不定時炸彈，一旦爆發，問題可就大了。現在時間是兩點，他從窗戶望出去，看見濟蘭斯基夫人的工作室仍亮著燈。布魯克先生上了床，在黑暗中做了幾個鬼臉，盡可能構思明天該說些什麼。

八點不到布魯克先生就進了辦公室，拱肩縮背坐在辦公桌後，預備要在濟蘭斯基夫人經過走廊時攔下她。他不用等很久，一聽見她的腳步聲，他立刻喊她的名字。

濟蘭斯基夫人站在門口，表情恍惚疲憊。「你好嗎？我昨晚睡得可好了。」她說。

「麻煩妳坐下來，」布魯克先生說。「我有事想跟妳談談。」

濟蘭斯基夫人把她的文件夾放到一邊，坐在他對面的扶手椅上，疲倦的往後靠。「什麼事？」她問。

「昨天我穿過校園的時候，妳找我說話，」他緩緩說。「要是我沒記錯的話，妳提到一間糕餅鋪和芬蘭國王。對吧？」

濟蘭斯基夫人頭轉向一邊，瞪著窗台一角，回憶著。

「一間糕餅鋪。」他再說一次。

她疲倦的臉一亮。「喔，對了，」她急切地說。「我跟你說我站在這家糕餅鋪前面，看見芬蘭國王——」

「濟蘭斯基夫人！」布魯克先生高聲說。「芬蘭根本就沒有國王。」

濟蘭斯基夫人臉上是一片茫茫然。過了一會兒，她又說了起來。「我就站在伯嘉糕餅鋪前面，本來看著蛋糕，後來我轉過頭去，突然就看到芬蘭國王——」

「濟蘭斯基夫人，我剛才跟妳說了，芬蘭根本就沒有國王。」

「就在赫爾辛基——」她又焦急的說了起來，但這一次布魯克先生仍然是在她提到芬蘭國王時就打斷了她。

「芬蘭是民主政體，」他說。「妳不可能看見芬蘭國王。所以妳說的不是眞話，絕對不是眞話。」

往後布魯克先生再也忘不了濟蘭斯基夫人此時此刻的表情。她的眼中有震驚、沮喪，以及一種被逼到角落的恐懼。她就像是一個人親眼看著自己內在的世界乍然破裂，土崩瓦解。

「很遺憾。」布魯克先生說，眞心感到同情。

可是濟蘭斯基夫人卻振作起來，抬高下巴，冷冷地說：「我是芬蘭人。」

「這點我並不懷疑。」布魯克先生回答。但是轉念一想，他的確是有一點懷疑。

「我在芬蘭出生，我是芬蘭公民。」

「很有可能。」布魯克先生拉高了嗓門說。

「戰時，」她繼續用激烈的語氣說，「我騎摩托車送信。」

「我們現在並不是在討論妳的愛國心。」

「就因爲我要讓第一份機密文件曝光——」

「濟蘭斯基夫人！」布魯克先生說，雙手抓緊了桌沿。「別扯到題外話去了。重點是妳聲稱妳看見了——妳看見了——」可是他沒辦法說下去。她的表情阻止了他。她的臉色像死人一樣蒼白，而且嘴角四周有陰影。眼睛張得大大的，像是在劫難逃，卻又傲然不屈。突然間，布魯克先生覺得自己像個兇手。了解，懊悔，毫無道理的愛意——諸般情緒洶湧翻騰，他用手捂住了臉。一直到心底的激動平息了下來，他才能開口，而他虛弱地說：「對了，對了，芬蘭國王。他的人還親切嗎？」

一個鐘頭之後，布魯克先生坐在辦公室裡，望著窗外。西橋街上的路樹差不多樹葉都掉光了，學院灰色的建築有種平靜悲傷的味道。他愣愣地把熟悉的景色收入眼簾，注意到維克家的老硬毛雜種獵犬搖搖擺擺沿著馬路走來。這隻狗他見過不下一百次，所以現在又爲什麼看著奇怪？過了一會兒他才明白了，還感到一種冷冰冰的驚訝，原來這隻老狗居然是倒著跑。布魯克先生看著獵犬消失在視線範圍之外，之後才又回頭去改那個上對位法的班級交上來的卡農作業。

客居於世的人

他並沒有刻意去搜尋，回憶卻自動的拋了出來……

今天清晨在睡眠與清醒的破曉邊界是濃濃的羅馬風光：淙淙的噴泉，拱形窄街，金黃璀璨的城市，繁花似錦，年代久遠而溫潤柔和的石頭。有時在這樣子意識半清醒的時候，他會客居在巴黎，或是在戰時的德國瓦礫堆裡，或是在瑞士滑雪勝地中某家白雪皚皚的飯店。也有時是在喬治亞荒蕪的田野中狩獵的黎明。在沒有歲月分際的夢境裡，今天早晨則是羅馬。

約翰．菲瑞斯在紐約一家飯店房間中醒來，有種討厭的事在等著他的感覺，至於是什麼事，他並不知道。這種感覺在他著裝完畢，出房下樓之後都還糾纏著他不放。今天是個萬里無雲的秋日，淡淡的陽光在柔和的摩天大樓之間斜切而過。菲瑞斯進了隔壁的雜貨店，挑了最後一個雅座，就在俯瞰人行道的玻璃窗邊，點了一份美國式早餐，有炒蛋和香腸。

菲瑞斯從巴黎回來參加父親的喪禮，那是上個禮拜的事情，在喬治亞的老家。死亡的震撼讓他不由得想到青春不再。他的髮線漸漸倒退，太陽穴的頭髮早禿了，血管搏動得很顯眼，身體仍不見贅肉，只是小腹開始突出了。菲瑞斯深愛父親，父子倆曾經十分的親近；但是歲月卻不知不覺沖淡了這份孺慕之情。儘管許久以前就已有了心理準備，但是父親過世的消息傳來，他仍然很沮喪驚愕，這點倒是他沒料到的。他盡可能在家多住一段日子，陪陪母親和兄弟。明天早晨他就要搭飛機返回巴黎了。

菲瑞斯掏出了通訊錄，確認一組號碼。一面翻頁，一面變得更加專心。紐約、歐洲各首都的姓名電話，還有一些南方的喬治亞州老家隱約熟悉的姓名電話。褪色了，工工整整的姓名，潦草醉後的塗鴉。貝蒂·威爾斯：一段舊愛，現在已經是有夫之婦了。查理·威廉斯：在休特根森林負傷，此後就音訊全無。老好人威廉斯——究竟是生是死？東·沃克：接單客製電視節目，錢是愈賺愈多。亨利·格林：戰後崩潰了，據說進了療養院。蔻姬·霍爾：聽說已經過世了。心不在焉又愛笑的蔻姬——一想到她這麼一個傻大姐也會死，心裡還眞是怪怪的。菲瑞斯闔上了通訊錄，頓時升起一股危機感，不禁感嘆人生如寄，甚至升起一陣幾近恐懼的感覺。

正想著，身體猛然抽搐。他瞪著窗外，冷不防竟見到他的前妻在人行道上走過。伊莉莎白距離他相當近，緩緩邁著步子。他不明白心臟怎會輕顫得這麼厲害，也不明白在她走過後，怎會又有滿不在乎和上帝垂憐的感覺縈繞不去。

菲瑞斯趕緊付帳，衝到人行道上。伊莉莎白站在轉角，等著穿過第五大道。他匆匆朝她而去，心裡想著要找她說話，可是燈號變了，她穿過了馬路。菲瑞斯沒趕上她，只好尾隨在後。過街之後，他輕而易舉就能追上去，可是他卻發現自己慢吞吞跟在後面，也說不出是爲了什麼。她漂亮的褐髮盤了起來，菲瑞斯看著她，想起了父親曾說過伊莉莎白「體態婀娜多姿」。

她在下一個街角轉彎，菲瑞斯仍跟在後面，但是現在已經打消追上她的企圖了。菲瑞斯質疑著爲什麼剛才看見伊莉莎白身體會騷動，手心會冒汗，心跳會加快。

菲瑞斯有八年沒見過前妻了。他知道她早就已經再婚了，而且還生了孩子。近幾年他很少會想起她。可是想當年，離婚之初，他差點一蹶不振。幸好，時間可以止痛，他又愛上了第二個人，第三個人。現在的這個人是珍妮。他對前妻的愛當然是在許久之前就消失了。既然如此，爲什麼身體會騷亂，會心旌動搖？他只知道蒙上了一層雲的心和秋高氣爽的天氣一點也不搭調。菲瑞斯猛地一轉身，大踏步離開，幾乎是用跑的，匆忙趕回飯店。

菲瑞斯斟了杯酒，不管現在還不到十一點。他像個筋疲力竭的人癱在扶手椅上，輕啜著波本加水。明天飛回巴黎，今天有一整天的事情要做。他核對自己該做的雜務：把行李送到法國航空公司，和老闆吃午餐，買鞋和一件大衣。還有一樁事——不是還有一樁事嗎？菲瑞斯把酒喝完，打開了電話簿。

打電話給前妻其實是一時衝動下的決定。電話號碼登記在貝利名下，是她丈夫的姓氏，他不給自己時間斟酌是否應該，立刻就撥了電話。他和伊莉莎白會互寄耶誕卡片，菲瑞斯得知她再婚的消息之後，還送了一套刀具。沒有理由不打電話給她。可是另一頭的電話鈴響著，他一面等，一面卻憂慮疑惑了起來。

伊莉莎白接的電話；熟悉的聲音卻又給了他一次震撼。他得報上名字兩次，但是確認了他的名字之後，她顯得很開心。他說明他只在這裡待一天。他們約了人去看戲，她說，不過不知道他願不願意早點過來吃晚餐。菲瑞斯說他很樂意。

他一件事接一件事處理完畢，卻總是覺得有什麼重要的事忘掉了。接近黃昏之前，菲瑞斯洗澡換裝，時時的想著珍妮：明天晚上就可以跟她相聚了。「珍妮，」到時他會這麼說，「我在紐約碰巧遇見了我前妻，跟她一道吃晚飯。當然還有她先生。這麼多年不見了，看到她還挺奇怪的。」

伊莉莎白住在東五十幾街。菲瑞斯搭計程車往上城走，瞥見了十字路口的夕陽餘暉，等到了目的地，天色已是全暗了下來。這地方是一幢大樓，有遮雨篷和門房，而他們家在七樓。

「請進，菲瑞斯先生。」

心裡想的是伊莉莎白，甚至是不曾想到過的先生，乍見這個紅髮雀斑的孩子，著實讓菲瑞斯吃了一驚；他是知道他們有孩子，但不知怎地，心裡卻從來不曾承認過。因爲驚訝，他笨拙地往後退了一步。

「這裡就是我們家，」孩子有禮的說。「您不是菲瑞斯先生嗎？我是比利。請進。」

進了玄關，再進客廳，見到了她先生又是一驚；他也是在感情上從未承認其存在的人。貝利也是紅髮，大塊頭，動作慢，態度從容不迫。他起身，伸手迎客。

「我是比爾．貝利。幸會，幸會。伊莉莎白馬上就來，她在梳妝打扮。」

最後一句話引起一串顫動，往昔的回憶湧上。漂亮的伊莉莎白，沐浴前肌膚粉紅，渾身赤裸。在梳妝台鏡前衣衫不整，梳著光滑的栗色秀髮。那樣甜蜜、不經心的親暱，軟玉溫香，婀娜嫵媚。菲瑞斯趕緊把腦中的遐想推開，強迫自己迎視比爾．貝利的目光。

「比利，麻煩你把餐桌上那盤飲料端過來好嗎？」

孩子立刻聽命，他一走，菲瑞斯就閒聊似地說：「你兒子眞乖。」

「過獎了。」

兩人都無話可說，孩子端著一盤玻璃杯和馬丁尼搖酒器回來。一杯酒下肚，兩人聊了起來：俄羅斯，先談到這個，再來是紐約的人造雨，以及曼哈頓和巴黎的公寓好壞。

「菲瑞斯先生明天要飛越大西洋喔，」貝利跟小男孩說。孩子坐在他的椅臂上，不吵不鬧，很有規矩。「我猜你一定巴不得鑽到他的行李箱裡偷渡。」

比利推開垂在額前的頭髮。「我要坐飛機，當記者，跟菲瑞斯先生一樣。」他忽然又以肯定的語氣加上一句。「等我長大了，我就要那樣。」

貝利說：「你不是說要當醫生嗎？」

「是啊！」比利說。「我兩樣都要當，我還要當原子彈科學家。」

伊莉莎白進來了，懷裡還抱著一個小女孩。

「喔，約翰！」她把小女孩放到做父親的腿上。「見到你眞好，我好高興你能來。」

小女孩害羞地坐在貝利大腿上，穿了一件淡粉紅色雙縐長衣，抵肩裝飾著玫瑰花，淡色的柔軟鬈髮也用同色的緞帶綁成馬尾。她的皮膚是夏季日曬過的顏色，褐色眼珠帶著金斑，咯咯笑著。伸手去玩父親的角質眼鏡，他把眼鏡摘下來，讓她透過鏡片看了一會兒。「我的小糖糖高不高興啊？」

伊莉莎白非常美，說不定比他以前知道的還要美。筆直乾淨的頭髮熠熠生輝，臉部線條更柔和，泛著光澤，而且恬淡寧靜。那是一種聖母似的美，源自於幸福美滿的家庭氛圍。

「你還是老樣子，沒什麼改變，」伊莉莎白說，「都多少年了。」

「八年。」他緊張地摸了摸日漸稀疏的頭髮，繼續相互問好。

菲瑞斯突然覺得自己是個不相干的外人——莫名其妙打擾了貝利一家人。他幹嘛跑來？他心裡難受。他自己的人生好似太孤獨，像根脆弱的柱子孤零零的立在歲月的斷垣殘壁之間。他覺得沒辦法在這家客廳裡再多待一分鐘。

他看了看手錶。「你們要去看戲？」

「是啊，眞不湊巧，」伊莉莎白說，「可是我們早在一個多月前就安排好了。可是約翰，你不用多久就可以待在家裡了。你不會移居國外吧？」

「移居國外，」菲瑞斯複述一遍。「我不怎麼喜歡這種說法。」

「不然還有哪種說法？」她問道。

他思考片刻。「就用客居吧。」

菲瑞斯又看了一次手錶，伊莉莎白又道歉一次。「要是早點知道就好了——」

「我只有今天在城裡。我也沒料到會回來。是因爲爸爸上禮拜過世了。」

「菲瑞斯爸爸過世了？」

「對，在約翰霍普金斯醫院。他病了差不多一年，喪禮在喬治亞老家舉行。」

「喔，眞遺憾，約翰。菲瑞斯爸爸一直是我很喜歡的人。」

小男孩從椅子後繞出來，好看著母親的臉。他問道：「是誰死了？」

菲瑞斯充耳不聞；他想的是父親的死。又一次看見棺木中絲綢褥子上伸長的遺體。遺體的膚色竟然很紅潤，那雙熟悉的手看起來好大，合在一片喪禮玫瑰花上。回憶閉合，菲瑞斯醒來，聽見了伊莉莎白平靜的聲音。

「是菲瑞斯先生的爸爸，比利，是一位很好很好的人。你不認識的。」

「可是妳為什麼叫他菲瑞斯爸爸？」

貝利和伊莉莎白狼狽的互看了一眼。最後是貝利回答了提問的孩子。「很久以前，」他說，「你媽和菲瑞斯先生結過婚。在你出生以前——那是很久很久的事了。」

「菲瑞斯先生？」

小男孩瞪著菲瑞斯，既驚奇又不相信。而菲瑞斯也凝視著他，自己的眼睛也有點難以置信。是真的嗎？過去有一段時間他在夜裡歡愛時管這個陌生的伊莉莎白叫小奶油鴨？他們當眞一起生活過，共度了約莫一千個白日和黑夜，而到頭來，兩人咬牙苦撐婚姻生活，突然像兩個互不關屬的人，最後星星之火（吃醋，酗酒，為錢吵架）終於燎原，一發不可收拾？

貝利跟孩子們說：「該吃飯了。來吧。」

「可是爹地！媽媽跟菲瑞斯先生——我——」

比利那雙盯住你不放的眼睛——困惑迷惘，而且閃動著敵對的光芒——讓菲瑞斯想起了另一個孩子的眼神。是珍妮的小兒子，七歲大，小小的臉孔陰沉沉的，膝蓋虛弱無力，菲瑞斯總是盡量迴避他，通常還會忘掉有這麼個人。

「快步走！」貝利輕輕把比利推向門。「說晚安吧，兒子。」

「晚安，菲瑞斯先生。」他又憤慨的說：「我不是可以留下來吃蛋糕嗎？」

「你可以等一下再進來吃蛋糕，」伊莉莎白說。「快點跟爹地去吃飯。」

客廳裡只剩下菲瑞斯和伊莉莎白了。乍然安靜下來的頭幾分鐘裡，氣氛有些凝重。菲瑞斯詢問是否可以再來一杯，伊莉莎白把搖酒器放到他身旁的桌子上。他看著大鋼琴，注意到架上還有樂譜。

「妳現在還是跟以前一樣彈得那麼好嗎？」

「我還是很喜歡彈琴。」

「拜託妳彈一曲，伊莉莎白。」

伊莉莎白立刻起身。這是她親和的一面，只要有人要求，她隨時都願意彈奏；從來不會遲疑，不會找藉口爲不想彈奏而致歉。此刻她朝鋼琴過去，還多了份鬆了口氣的味道。

她奏的是一首巴哈的前奏曲和賦格曲。前奏曲就和早晨房裡的光譜一般的華麗繽紛。賦格曲的第一聲，宛如單純孤立的宣告，重複一次，同時揉入第二聲，再次重複，在苦心經營的框架中，倍增的音樂平穩又祥和，不疾不徐地流淌，富麗堂皇，主旋律中又融入了兩種聲音，添加了數不清的匠心獨運，上一秒氣勢森嚴有如君臨天下，下一秒又沉潛低調、不露鋒芒，有著單一個體並不怕向整體降服的雄渾高邈。將近尾聲，音符逐漸凝聚，最後一次傳遞出主軸的第一個母題，隨著和諧的最後一次宣告，樂聲停止。菲瑞斯仰頭靠著椅背，閉上眼睛，緊接而來的寂靜中，走廊那頭的房間傳出一聲清脆高亢的聲音。

「爹地，媽媽怎麼會和菲瑞斯先生——」門關了起來。

琴聲再度揚起——這是什麼曲子？不知其名，卻很熟悉，無憂無慮的旋律在他心中沉睡了很長的一段時間，這時正向他訴說著舊時舊地——這是伊莉莎白從前常彈的曲子。微妙的氣氛召喚出漫無邊際的回憶。菲瑞斯迷失在往昔的企盼、衝突、矛盾的慾望之中。也眞怪，這首曲子，觸發了翻騰洶湧的混亂，卻是那麼的靜謐澄澈，如歌如吟的旋律一直到女僕出現才中斷。

「貝利太太，晚餐準備好了。」

菲瑞斯即使在主人夫婦之間落坐了，心情仍受這首未彈完的曲子左右。他有些微醺了。

「人生的即興之作，」他以法語說。「要是說有什麼東西最能讓你體會到人類的存在不過就是即興之作的話，那絕對是沒唱完的一首歌，或是舊的通訊錄。」

「通訊錄？」貝利順口說道，並無意打探，很有禮的就此打住。

「你還是從前那個小伙子，約翰。」伊莉莎白說，流露出一絲昔日的溫柔。

這天的晚餐是典型的南方料理，菜餚都是他最愛吃的，有炸雞、玉米布丁、濃郁的蜜汁地瓜。席間，只要沉默過長，伊莉莎白就會帶頭引出一段活潑的談話，說著說著，菲瑞斯竟談起了珍妮。

「我去年秋天跟珍妮認識的——差不多就是這個時節——在義大利。她是歌手，應邀到羅馬演出。我們應該很快會結婚。」

這話說得很順溜，很理所當然，菲瑞斯一開始並沒自覺到他其實是說謊。他和珍妮今年壓根就沒談過結婚的事。而且，事實上她仍是已婚身分——先生是個白俄羅斯人，吃的是貨幣兌換這一行飯，住在巴黎，兩人分居有五年了。可是要糾正也太遲了，伊莉莎白已經在說：「這消息眞是太好了，恭喜你，約翰。」

他盡量用實話來沖淡謊言。「羅馬的秋天眞是美，氣候宜人，百花盛開。」接著又說：「珍妮有個六歲的兒子，小傢伙什麼都好奇，會說三種語言。有時我們會帶他去土伊勒里花園[1]。」又是謊言。他只帶小男孩去過花園一次。臉色灰黃的外國小孩穿著短褲，露出了細長的腿，在混凝土水池裡放船玩，騎小馬。他還想進去看木偶戲，可惜沒有時間，因爲菲瑞斯約了人在史基伯飯店見面。他當時滿口承諾改天下午會帶孩子去大吉尼奧爾劇院。他只帶瓦倫亭去過一次土伊勒里花園。

忽然一陣騷動，女僕端來了一個白色蛋糕，蛋糕上插了粉紅色蠟燭。兩個孩子穿著睡衣進來。菲瑞斯仍然沒搞清楚狀況。

「生日快樂，約翰，」伊莉莎白說。「來，吹蠟燭吧。」

菲瑞斯這才想起今天是他的生日。蠟燭一根根的熄滅了，空氣中殘留著燃燒過的蠟味。菲瑞斯三十八歲了。他太陽穴的血管變暗，脈動變得明顯。

[1] 原為巴黎舊時王宮，一八七一年毀於大火，後由法國庭園建築師勒諾特爾設計成為花園，現為巴黎市民休閒之所。

菲瑞斯爲生日晚餐向伊莉莎白道謝，規規矩矩道別。全家人都到門口送他。

高高低低的摩天大樓上空掛著黯淡的月，街上風大寒冷。菲瑞斯匆匆走向第三大道，招呼計程車。帶著臨別之前的專注，仔細審視夜裡的紐約市，這一別或許是再見無期了。他只有孤孤單單一個人，等不及要搭上班機，飛回來處。

「你們該到戲院了。」

隔天他從空中鳥瞰紐約市，市區被陽光照耀得閃閃發亮，跟玩具一樣，格局清晰嚴整。隨後美國就被拋在腦後，前途只有大西洋以及遙遠的歐洲彼岸。雲層底下的大海是淡淡的乳白色，無風無浪。飛行中菲瑞斯大多在打盹。快天黑時，他想著伊莉莎白和昨晚的一會。他想著伊莉莎白的一家和樂，心中泛起了渴望、微微的嫉妒，以及言語無法形容的悔恨。他搜尋著那首曲子，那種有待再續的氣氛，讓他那麼的感動。但只能回想起樂章的結尾，一些不相干的樂音；整首旋律卻是怎麼想也想不起來。耳中反倒響起了伊莉莎白彈奏的賦格曲的第一聲——樂聲不請自來，譏誚似的反轉，而且降了一個小調。高懸在海洋上空，他不再因爲感嘆浮生若寄以及自傷孤家寡人一個而焦慮不安，也能以平靜的心情想著父親的過世。晚餐時間飛機就接近了法國海岸。

午夜時分菲瑞斯搭計程車穿過了巴黎市。這晚天空多雲，霧氣把協和廣場上的路燈遮得朦朦朧朧的。濕濕的人行道上映照著夜店的燈光。跨海飛行總會覺得一塊大陸太突然就換成了另一塊大陸。早晨人還在紐約呢，午夜就到了巴黎。菲瑞斯瀏覽了一下他亂七八糟的人生：一個又一個城市，一段又一段露水姻緣；抓不住的是時間，鬼鬼祟祟地滑移的流年，總是時間。

「快！快！」他驚懼地以法語喊著。「快點。」

幫他開門的是瓦倫亭。小男孩穿著睡衣褲，披著一件過小的紅睡袍。灰色的眼睛下有黑眼圈，菲瑞斯從他身前經過，那雙灰眼睛眨了眨。

「我在等媽媽。」小男孩說著法語。

珍妮在某家夜店演唱，還要一個鐘頭才會回來。瓦倫亭回到起居室，坐在地板上，拾起蠟筆和紙繪畫。菲瑞斯俯視他的畫，畫的是一名班卓琴演奏家，旁邊的漫畫泡泡裡還有音符和波浪似的五線譜。

「我們改天再到土伊勒里花園去。」

男孩抬起頭來，菲瑞斯把他拉到膝蓋上。伊莉莎白未奏完的那首旋律驀地裡湧了出來。他並沒有刻意去搜尋，回憶卻自動的拋了出來——而這一次帶來的唯有認可和突發的喜樂。

「約翰先生，」男孩說，「你看見他了嗎？」

菲瑞斯沒聽懂，還以爲瓦倫亭指的是另一個孩子，那個備受寵愛的雀斑男孩。「看見了誰，瓦倫亭？」

「你在喬治亞的爸爸。」男孩說完又添了一句：「他還好嗎？」

菲瑞斯的語氣又急又快。「我們以後會常常到土伊勒里花園去。騎小馬，還會到戲院去。我們會看木偶戲，而且絕對不會再趕時間了。」

「約翰先生，」瓦倫亭說。「戲院已經關起來了。」

再一次，心中湧現驚怖，虛擲的光陰啊，死亡啊。反應快又有信心的瓦倫亭仍然窩在他的臂彎裡，軟軟的臉頰貼著他的臉頰，細緻的睫毛刷拂過他的臉。內心的渴望讓他把孩子抱得更緊——好像和他的愛情一樣變化不定的情緒能夠主宰時間的搏動似的。

家中那本無奈

在濃稠又複雜的情愛中，哀愁和慾望兩種情緒齊頭並進。

禮拜四馬丁·梅鐸斯提早下班，正好趕上了第一班直達車回家。上車的時候夕陽餘暉正在泥濘的街上逐漸黯淡，等到巴士離開城中車站，燈火通明的城市之夜已經拉開了序幕。每逢禮拜四，家裡的女傭休半天假，馬丁就會盡可能早點回家，因爲一年來他太太——嗯，身體欠安。這個禮拜四他非常疲憊，暗自希望不會有哪個通勤的人會千不挑萬不挑偏挑他來搭訕，所以兩隻眼睛始終盯著報紙，直到巴士過了喬治·華盛頓橋，才放下了戒心。上了西向九號公路之後，馬丁總會覺得回家的路已走了一半，他深深呼吸，雖然天氣冷的時候只有如絲如縷的風會吹進煙霧瀰漫的巴士，帶來些許新鮮空氣，他還是很有自信呼吸的是鄉間的空氣。通常到了這個時候，他會放鬆下來，愉快的想著家裡。可是這一年來，離家愈近，心裡卻只會覺得愈緊繃，一點也不期待車程結束。這天傍晚，馬丁把臉貼著車窗，看著光禿禿的田野以及所經城鎮的寂寞燈光。天上有月，蒼白著臉掛在漆黑的大地之上，照耀出一片片的殘雪，殘雪上坑坑洞洞的；馬丁覺得今天傍晚的鄉下好像很遼闊，而且有些蒼茫。快到站了，拉鈴之前，他從架上取下帽子，把摺疊起來的報紙塞進了大衣口袋裡。

小屋距離車站一條街，靠近河邊，但並不是蓋在河岸上；從客廳窗子可以看到對街和對面的院子，看見哈德遜河。小屋是現代建築，矗立在狹長的院子裡，有點太過雪白嶄新。夏季的時候草地柔軟鮮亮，馬丁很仔細的照料一處花壇和一架玫瑰。可是寒冷荒蕪的時節一到，院子就冷清了，小屋也就顯得赤裸。這天傍晚小屋每個房間都亮著燈，馬丁趕緊走上前院的步道。在台階前，他停下來挪走一輛手推車。

孩子們都在客廳，專注地玩著，連前門打開了都不知道。馬丁站在門口看著他安全可愛的孩子。他們把附有書櫥的寫字檯最底下一個抽屜拉開了，搬出來耶誕節的裝飾品。安迪自己把耶誕樹小燈插上了，綠色紅色的燈泡在客廳地板上閃爍著，不合時宜的慶祝著佳節。他這會兒正忙著把閃閃發亮的電線纏在瑪麗安的木馬上。瑪麗安坐在地板上，正把天使的翅膀拽掉。兩個孩子終於注意到他，尖叫著歡迎爸爸。馬丁把胖嘟嘟的小女兒抱到肩膀上，安迪撲過來抱住了他的腿。

「爹地，爹地，爹地！」

馬丁小心放下了女兒，抓著安迪像鐘擺一樣左右搖晃了幾次。放下兒子後，他撿起了電線。

「你們拿這些東西出來幹什麼？幫我放到抽屜裡面去。不可以拿插頭玩，我不是跟你說過嗎？我是說眞的，安迪。」

六歲大的兒子一邊點頭一邊關上了寫字檯抽屜。馬丁撫摸他柔軟的金髮，依依不捨的按住小孩脆弱的頸背。

「吃過飯了嗎，小把戲？」

「痛。吐司好辣。」

小女兒跌跌撞撞走在地毯上，不小心摔了一跤，哇哇大哭起來；馬丁趕緊把她抱起來，走向廚房。

「看，爹地，」安迪說。「吐司——」

愛蜜麗把孩子的晚飯留在未鋪桌布的瓷桌上，桌上有兩只盤子，盤裡有剩下的小麥糊和雞蛋，銀色馬克杯裝著牛奶。還有一盤肉桂吐司，原封不動，只有一道咬痕。馬丁嗅了嗅咬過的那片吐司，啃了一小口，馬上就把吐司丟進垃圾桶。

「呼——咻——什麼怪味！」

愛蜜麗誤把辣椒粉當作肉桂粉了。

「我喜歡著火，」安迪說。「我喝一大口水，跑到外面去，張開嘴巴。瑪麗安一根都沒有吃。」

「是一片，」馬丁糾正他。無助地站在原處，環顧廚房牆壁。「好吧，不管了，」他終於說。「媽媽呢？」

「她在樓上黃間。」

馬丁把孩子留在廚房，上樓去找太太。到了臥室外，他稍等片刻，按捺住怒火。沒敲門就進去了，一進去就把門關上。

愛蜜麗坐在舒適房間的窗前搖椅上，喝著玻璃酒杯裡不知什麼東西，一看他進來，趕忙把杯子藏在椅子後面的地板上，態度是既迷亂又愧疚，而且她還想用造作的活潑來掩飾。

「啊，馬丁！你已經回來了啊？哎呀，我坐著坐著就忘了時間了，我正要下樓去——」她跳過去吻他，口中有濃濃的雪莉酒味。看他一點反應也沒有，她退後一步，緊張地吃吃笑。

「你怎麼了嘛？像根電線桿一樣。是不是哪裡不對勁了？」

「我不對勁？」馬丁彎腰從搖椅後面把酒杯拿起來。「妳難道不知道我有多受不了這個——對我們大家的壞處有多少？」

愛蜜麗用虛假的、輕佻的語氣說話，這語氣他已經熟到不能再熟了。通常遇上這種情況，她會裝出微微的英國腔，可能是模仿某個她欣賞的女明星。「我完全不知道你是什麼意思。除非你說的是我拿來喝點雪莉酒的杯子。我只喝了一指，最多兩指，這樣算是犯了什麼滔天大罪嗎？我清醒得很，清醒得很。」

「是啊，瞎子都看得出來。」

愛蜜麗進了浴室，走得異常莊重。她打開冷水，捧了些水輕拍在臉上，再用毛巾把臉拍乾。她的五官精緻年輕，找不到瑕疵。

「我正要下樓去做晚飯。」她腳步不穩，連忙扶住門框保持平衡。

「晚飯我會弄。妳留在房裡，我會把晚飯端上來。」

「我才不要。哪有這種規矩？」

「拜託。」馬丁說。

「別管我，我好得很。我就要下樓去——」

「注意聽我說的話。」

「注意你奶奶。」

她歪向門口，可是馬丁抓住她一隻手臂。「我不要孩子們看見妳這副德性。講點道理。」

「哪副德性！」愛蜜麗甩開了他的手，憤怒地拉高了嗓門。「怎麼，就因爲我下午喝了點雪莉，你就給我扣上個酒鬼的罪名了。什麼叫做這副德性！哼，我都還沒碰威士忌呢。你心裡明白得很，我可沒有跑到酒吧去大喝烈酒。你有什麼資格說我！我連晚餐喝杯雞尾酒都沒有，我只不過是偶爾喝杯雪莉罷了。這樣有什麼值得丟臉的，你說啊？哼，什麼叫這副德性！」

馬丁搜索枯腸來安撫太太。「那就我們兩個自己在樓上安安靜靜吃頓飯。來，聽話。」愛蜜麗坐在床沿上，他趕緊打開門準備開溜。

「我馬上就回來。」

他在樓下忙著做晚飯，一邊在腦子裡苦思這個老問題，家裡究竟是怎麼會冒出這麼個大問題來的？他本人向來喜歡喝上一杯。他們還住在阿拉巴馬時，把喝酒當成很尋常的事。多年來，他們總在晚餐之前喝個一兩杯，也可能是三杯，也在就寢時間喝上一回睡前酒。假日前夕他們可能會一杯接一杯喝，甚至喝得有點醉醺醺的。但是酒精似乎並沒有對他造成什麼問題，只是家庭成員增多後，開支也逐漸增多，有時並沒有餘錢買酒。後來公司調他到紐約來，這時馬丁才曉得老婆的酒喝得過量了。他注意到她在白天也偷偷摸摸喝酒。

承認了有問題之後，他努力去分析原因。從阿拉巴馬搬到紐約確實是多多少少影響了她；她習慣了南方小城溫暖的氣候和悠閒的步調，家人親戚和孩提時代的朋友都在附近，所以一下子換到北方這種比較嚴謹、孤單的生活，她沒有辦法適應。照顧孩子又要操持家務，重責大任她應付不來。她整天思念著巴黎斯市，而在這裡這個郊區小城一個朋友也沒有。她只讀雜誌和謀殺小說。少了酒精，她的內在生活完全不足。

等他一點一滴知道了老婆飲酒毫無節制的毛病之後，先前對老婆的看法也在不知不覺中改變了。有時候，毫沒來由的，她會有股惡念，有時候，酒精會引爆一頓熊熊怒火。他見識到了愛蜜麗粗鄙的一面，跟她天生的單純完全不搭調。她會說謊掩飾喝酒的事，用高明的計謀欺騙他。

後來出了一件事。大概是一年以前，有天傍晚他回家來，就聽見孩子的房間傳來尖叫聲。他發現愛蜜麗抱著女兒，女兒渾身濕淋淋的，沒穿衣服。她失手把孩子給掉在地上，孩子那麼不堪一擊的小腦袋瓜敲到了桌角，纖細的髮間流下了一道鮮血。愛蜜麗喝醉了，只曉得啜泣。他把受傷的孩子抱在懷裡，那一瞬間，女兒好寶貝好寶貝，而他看見了恐怖的未來。

隔天瑪麗安平安無事。愛蜜麗發誓再也不會碰酒，一連幾週她都很清醒，卻冷漠消沉。一陣子之後她又開始了，這次不是威士忌或杜松子酒，而是大量的啤酒，或是雪莉酒，或是異國風味的甜露酒；有一次他還找到了一鞋盒的奶油薄荷酒空瓶。馬丁只好找了個可靠的女傭來打理家務。維姬也是阿拉巴馬人，而且馬丁始終不敢跟愛蜜麗說紐約市的薪水標準。現在愛蜜麗酗酒這件事是絕絕對對的秘密，總在他回家之前結束。通常酗酒的後果幾乎無法察覺，只是動作稍微遲緩，或是眼皮重得撐不開。忽略掉責任的次數，比方說是拿辣椒粉當肉桂，相當稀少，再者家裡有維姬，所以馬丁可以暫時不用擔心。可是焦慮卻總是有如附骨之蛆，心裡總甩不脫早晚有一天會有大災難發生的惡兆。

「瑪麗安！」馬丁大聲喊，因爲即使只是回想起那一次的意外，他也需要求證才能心安。小女孩並沒有受傷，但仍是父親的心肝寶貝，跟著哥哥進到廚房來。馬丁繼續準備晚飯。他打開一罐湯，在煎鍋裡放了兩塊肉，接著在餐桌前坐下，把瑪麗安抱到大腿上，讓她騎馬。安迪看著他們，手指搖動著已經鬆了一個禮拜的那顆牙。

「糖果人安迪！」馬丁說。「那個老東東還在你的嘴裡嗎？過來一點，讓爹地看看。」

「我有繩子可以把它拔掉。」男孩從口袋裡拿出了糾結的線。「維姬說一邊綁住牙齒，一邊綁在門把上，然後用力把門突然關上。」

馬丁掏出一條乾淨手帕，小心翼翼搖搖鬆動的牙齒。「這顆牙今天晚上就會從我的寶貝安迪的嘴裡掉出來了，不然的話，我眞怕我們家裡會多出一棵牙齒樹呢。」

「什麼樹？」

「牙齒樹，」馬丁說。「你會在咬什麼的時候把牙齒呑進肚子裡，牙齒就會在可憐的安迪肚子裡生根，長出一棵牙齒樹，這棵樹沒有葉子，只有小小的尖牙。」

「騙人，」安迪說。可是他卻用小小的拇指和食指牢牢扣住那顆牙。「才妹有那種樹呢，我從來沒幹過。」

「不對，是才沒有那種樹，我從來沒看過。」

馬丁突然緊繃起來。愛蜜麗下樓來了。他聽著她顫顫巍巍的腳步聲，心裡一陣恐懼，連忙伸臂摟住了兒子。愛蜜麗走進廚房，一看她的動作和不高興的表情，就知道她又喝酒了。她一進來就用力拉開抽屜，擺刀叉。

「哼，嫌我什麼德性！」她悻悻地說。「敢跟我說這種話。別以爲我會忘記。我記得你說過的每一個噁心的謊話。你別作夢我會忘記。」

「愛蜜麗！」他懇求她。「孩子——」

「孩子——哈！別以爲我不知道你在玩什麼陰謀詭計。叫我別下來，你自己當好人，教孩子討厭我。別以爲我會讓你的詭計得逞。」

「愛蜜麗！我求求妳——拜託妳上樓去。」

「好讓你教壞我的孩子——我親生的孩子——」兩顆豆大的眼淚從她臉頰上滾落。「把我的兒子，我的安迪，教得討厭他自己的媽媽。」

酒醉又一時衝動，愛蜜麗跪在地板上，跪在嚇壞的兒子面前，雙手按住他肩膀穩住自己。「聽我說，我的安迪——你不會相信你爸爸跟你說的謊話吧？你不會相信他說的話，對不對？你說，安迪，我還沒下來之前你爸爸說了我什麼？」安迪不知如何回答，轉頭看著父親。「跟我說，媽媽要知道。」

「爸爸說牙齒樹。」

「什麼？」

小男孩把剛才的那番話說了一遍，而愛蜜麗以完全不相信的恐怖順口接著說：「牙齒樹！」她搖搖晃晃，連忙抓緊兒子的肩膀。「我不知道你說的是什麼。可是聽好了，安迪，媽媽一點事都沒有，對不對？」眼淚從她臉上滾落，安迪向後退，因爲很害怕。愛蜜麗抓著桌沿站了起來。

「你看！你把孩子教得怕我。」

瑪麗安哭了起來，馬丁趕緊把她摟在懷裡。

「沒關係，你可以把你的孩子帶走，反正你打從一開始就偏心。我不在乎，可是你至少要把我的兒子留給我。」

安迪偷偷挨向父親，摸他的腿。「爹地。」他哀聲喊。

馬丁把孩子帶到樓梯口。「安迪，你帶瑪麗安上樓去，爹地一會兒就來。」

「媽媽呢？」孩子問道，壓低了聲音。

「媽媽沒事，放心好了。」

愛蜜麗坐在餐桌前，嗚咽啜泣，臉埋在臂彎裡。馬丁倒了碗湯，擺在她面前。她粗嘎的哽咽讓他心神俱疲；她暴烈的情緒，撇開源頭不談，觸動了他心中的一絲柔情，讓他不情不願地撫上她的黑髮。「坐起來，喝點湯吧。」她抬起頭，看著他，表情自責求懇。也不知是兒子的退縮還是馬丁的手讓她的心情起了轉變。

「馬——馬丁，」她抽抽搭搭的說。「我好丟臉。」

「把湯喝了吧。」

她乖乖聽話，一面喘氣一面喝湯。喝完第二杯湯之後，她讓馬丁把她帶到樓上房間去。眼前她很溫馴，也比較克制。他把睡衣擺在床上，正要離開房間，但是另一回合的悲傷，酒精引起的混亂，又開始了。

「他轉身逃走了。我的安迪看著我，轉身逃走了。」

不耐煩又加上累壞了，他的語氣也變硬了，可是話仍是說得很謹慎。「妳忘了安迪還小——他不懂得是怎麼一回事。」

「我出洋相了嗎？喔，馬丁，我在孩子面前出洋相了嗎？」

看她那嚇壞了的表情，他儘管想硬起心腸，也忍不住感動，又覺得好笑。「沒事。換上睡衣，睡吧。」

「我的兒子轉身逃走。安迪看著他媽媽，轉身逃走了。孩子們——」

她沉溺在酒精引起的哀愁中，念念有詞。馬丁退出房間，一面說：「行行好，睡覺吧。明天孩子們就什麼也不記得了。」

嘴上雖然這麼說，他卻懷疑是不是眞的。廚房這一鬧這麼容易就會從記憶中溜走嗎？還是會在潛意識中生根，在未來的歲月裡化膿？馬丁不知道，而最後這個想法卻讓他難受。他想到愛蜜麗，預見了隔天早晨的羞恥：片片段段的回憶，穿破恥辱的黑暗而綻放強光的清明。她會打電話到紐約的辦公室兩次，甚至三次、四次。馬丁預期到自己的尷尬，不知道辦公室的人是否猜測到是怎麼回事。他覺得他的秘書許久之前就知道了眞相，而且替他覺得可憐。有那麼一會兒，他極想抗拒命運；他恨死了他老婆。

來到孩子們的房間後，他關上門，這晚第一次感覺安全。瑪麗安跌到床下，自己爬了起來，一面喊：「爹地，看我。」又摔了一次跤，自己爬起來，然後繼續這個摔跤再爬起來的遊戲。安迪坐在兒童椅上，搖晃著牙齒。馬丁到浴缸去放水，自己先在洗臉台洗了手，再把兒子叫進浴室裡。

「來，再來看一次你的牙。」馬丁坐在馬桶上，把安迪夾在兩腿間。兒子張大嘴巴，馬丁緊揪住那顆牙。只搖了一下，快速一抽，珍珠似的乳牙就掉了。一瞬間，安迪的表情又是驚恐，又是訝異，又是開心。他含了一口水，漱了漱，吐在水槽裡。

「看，爹地！有血耶。瑪麗安！」

馬丁很喜歡給孩子洗澡，尤其喜歡孩子們一絲不掛站在水裡，那麼軟綿綿、光溜溜的身體。愛蜜麗說他偏心實在不公平。馬丁幫兒子小巧的身體打肥皀，覺得不可能有像他這麼深厚的父愛了。可是他還是承認對兩個孩子的感情確實是有分別。他對女兒的愛更莊嚴，透著一絲憂鬱，近似痛苦的柔情。對兒子他每天都會有荒謬好笑的叫法，但是對女兒他總是叫她瑪麗安，而且叫她的聲音儼然愛撫。馬丁把女兒胖胖的肚子和胯下輕輕拍乾。洗乾淨的兩個孩子，臉孔像花瓣一樣光輝，而且他愛得不分軒輊。

「我要把牙齒放在枕頭下面，這樣可以拿到兩毛半。」

「爲什麼？」

「哎唷，爹地。強尼掉了牙就得到兩毛半耶。」

「誰給他的兩毛半？」馬丁問。「我以前都以爲是仙女在晚上偷偷放的。不過呢，我小時候是一毛錢。」

「他們在幼稚園也是這樣說。」

「那錢到底是誰放的？」

「是你的爸爸媽媽，」安迪說。「是你！」

馬丁幫瑪麗安把被子塞好，女兒已經睡著了。馬丁屏住呼吸，彎腰吻了她的額頭，又吻了舉在頭旁邊、掌心朝上的小手。

「晚安了，安迪小子。」

兒子的回應是昏沉沉的咕噥。過了一會兒，馬丁拿出零錢，把一枚兩毛五硬幣塞進兒子枕頭下。讓房間亮著一盞小夜燈。

馬丁在廚房裡輕手輕腳弄一頓遲來的晚餐，忽然想到孩子們壓根就沒有問起他們的母親，也沒問起剛才讓他們完全摸不著頭腦的那一場好戲。沉浸在此時此刻之內——牙齒、洗澡、兩毛半——孩子的時間觀念就如流水般轉瞬即逝，這類的插曲絲毫沒有著力點，就像是樹葉落在湍急的淺溪裡，而成人的謎團則擱淺了，遺忘在岸邊。爲此馬丁感謝上蒼。

可是他自己壓抑蟄伏的怒火卻又熾烈了起來。他的青春正一點一點被一個酒鬼拖累，他這個堂堂大丈夫正暗暗的被斲喪。還有孩子呢，一旦過了懵懂無知的年紀，一兩年後又會是什麼光景？手肘支著桌面，他囫圇呑嚥，食不知味。有件事是絕對躲不掉的：不久之後辦公室和小城裡就會有閒言閒語，大家會知道他太太是個自甘墮落的女人。自甘墮落。而他和孩子的未來絕對是每況愈下，一點一滴的毀滅。

馬丁推開椅子站起來，大踏步走進客廳。眼睛巡視一排排的書，但是心裡卻浮現出悲慘的影像：他看見自己的孩子溺死在河裡，而他的老婆卻在大街上丟人現眼。等就寢時間到了，他心底的怒火就像是塊大石頭重重壓在心口上，他爬上樓梯，兩條腿也像是綁了鉛塊。

臥室黑漆漆的，只有半敞著門的浴室透出一束光。馬丁靜悄悄地更衣。也說不上來是什麼原因，他的心情一點一點的改變了。老婆睡著了，平靜的呼吸在房間裡迴盪。她的高跟鞋和隨手脫下的絲襪像是無聲的求懇，她的內衣亂丟在椅子上。馬丁拾起了束襪帶和柔軟的絲質胸罩，拿在手裡，愣愣站著。這晚第一次他凝目看著老婆。視線落在甜美的額頭上，優雅拱起的額頭。瑪麗安就有一模一樣的額頭，還有小巧又上翹的鼻頭。而在兒子臉上他可以看見妻子的高顴骨和尖下巴。她的身體曲線玲瓏，苗條纖細。馬丁看著妻子寧靜的睡姿，殘存的怒火熄滅了。什麼責備、什麼不名譽，這些想法都離他遠去。馬丁把浴室燈關掉，打開了窗戶。小心不吵醒愛蜜麗，爬上了床。就著月光最後一次打量妻子。伸手摸索貼近的肉體，在濃稠又複雜的情愛中，哀愁和慾望兩種情緒齊頭並進。

一棵樹，一塊石，一片雲

你知道愛情是怎麼開始的嗎？
一棵樹。一塊石。一片雲。

這天早晨下雨，天色也很暗。男孩來到電車咖啡館，送報的路線快跑完了，所以他進去喝杯咖啡。這家咖啡館徹夜營業，老闆叫里歐，爲人尖酸刻薄，而且一毛不拔。走過了空盪冷清的街道，咖啡館顯得友善明亮：櫃檯前坐了兩名阿兵哥、三名棉廠的織工，角落裡一個漢子拱肩縮背坐著，鼻子和半張臉都埋進了一只啤酒杯裡。男孩戴著帽子，像飛行員戴的那種。一進咖啡館他就把下巴上的帽帶解開，把右邊的護耳片往上掀，露出了粉紅色的耳朵；通常他喝咖啡的時候會有人親切的跟他說話。但是今天早晨里歐連正眼都沒瞧他，而且店裡的人也都不說話。他付了錢，正要離開，有人出聲喊他：

「孩子！嘿，孩子！」

他轉過身，看見角落的漢子朝他勾手指頭，一面點頭。他的臉終於從啤酒杯裡露了出來，而且似乎一下子變得很開心。這人的臉很長，臉色蒼白，鼻子很大，橘色的頭髮不見光澤。

「嘿，孩子！」

男孩朝他走去。他今年十二歲，但是體型卻小很多，一邊肩膀比一邊高，是給報紙背袋壓的。他的五官輪廓不深，臉上有雀斑，眼睛仍是不脫孩子氣的圓。

「什麼事，先生？」

漢子一手摟住報童的肩膀，抓住他的下巴，緩緩把他的臉從左邊轉到右邊。男孩不自在地退縮。

「喂！你這是幹什麼？」

男孩的聲音很尖銳；咖啡館裡突然連掉根針也聽得見。

漢子慢吞吞的說：「我愛你。」

櫃檯前的人全都哄笑了出來。報童皺著眉頭，側身躲開，不知該如何是好。他扭頭看著櫃檯的里歐，里歐只是露出疲倦冷淡的哂笑看著他。報童也想要打個哈哈就算了，可是那人很嚴肅，而且神情傷痛。

「我不是在取笑你，孩子，」他說。「坐下來，陪我喝杯啤酒。我有話跟你說。」

報童小心謹慎地用眼角瞧了瞧櫃檯邊的人，詢問他們的意見，可是他們回頭喝啤酒的喝啤酒，吃早餐的吃早餐，根本沒人理他。里歐在櫃檯上放了一杯咖啡和一小罐鮮奶油。

「他還未成年。」里歐說。

報童坐上了高腳凳，掀起的護耳片下露出的耳朵又小又紅。漢子朝他點頭，很清醒的樣子。「很重要。」他說，伸手到屁股口袋，掏出了什麼東西來，放在掌心裡，讓報童看。

「看仔細點。」他說。

報童瞪著看，可是根本沒有需要仔細看的地方。握在漢子又大又髒的掌心裡不過是一張照片，是一張女人的臉，可是模糊不清，唯一清楚的就是她的帽子和衣裳。

「看到了嗎？」漢子問。

報童點頭，漢子又換了張照片。同一個女人穿著泳衣站在海灘上，肚子看起來好大，第一眼注意到的一定是她的肚子。

「看清楚了？」他挨得近了些，最後問：「你以前有沒有見過她？」

報童動也不動坐著，斜目瞪著漢子。「沒看過。」

「很好。」漢子朝照片吹了口氣，收進了口袋裡。「她是我老婆。」

「她死了嗎？」報童問。

漢子慢吞吞搖頭，嘴唇一噘，好似要吹口哨，但只是拖長聲音答道：「不——是，」他說。「我會解釋。」

漢子面前的啤酒杯是很大的褐色馬克杯，他並不是把杯子端起來喝，而是低頭把臉埋在杯口，就這麼停一會兒。接著兩隻手捧住酒杯，手一歪，啜了一口。

「早晚你那個大鼻子會泡在酒杯裡，淹死你，」里歐說。「有個過路人被啤酒淹死了。那種死法倒是挺逗的。」

報童想跟里歐打暗號。趁著漢子沒在看，他擠眉弄眼，嘴巴無聲發問：「喝醉了？」但里歐只是挑挑眉，轉過身去，丟了幾條培根到烤爐上。漢子把酒杯推開，挺直腰板，把兩隻扭曲的手疊放在櫃檯上。看著報童，一臉的哀傷。他沒有眨眼，可是眼皮不時會垂下來，遮住了綠眸。天快破曉了，報童把報紙袋換個邊。

「我說的是愛情，」漢子說。「對我來說，那可是一門學問。」

報童已經溜下高腳凳一半了。可是漢子豎起了食指，也不知道他是有什麼魔力，反正報童就是走不開。

「十二年前我娶了照片裡的女人。她嫁給了我一年九個月又三天兩夜。我愛她。沒錯……」他整了整含糊的聲音，又說了起來。「我愛她，我也以爲她愛我。我是個鐵路工程師。我讓她在家裡過得舒舒服服的，什麼也不缺。我從來沒想過她會不滿足。可是你知道後來怎麼了嗎？」

「省省吧！」里歐說。

漢子完全不受打擾，始終盯著報童的臉不放。「她跑了。有天晚上我回家來，房子裡頭一個人也沒有，她走了，離開我了。」

「跟別的男人跑了嗎？」報童問道。

漢子輕輕用掌心按著櫃檯。「唉，那還用說，孩子。女人是不會一個人離家出走的。」

咖啡館很安靜，外頭街上細雨綿綿，一片漆黑。里歐拿著長叉的背面把培根壓扁。「這麼說你找了那個騷娘兒們十一年，可把你這老王八累慘了吧！」

漢子竟然對里歐怒目相視。「拜託你嘴巴放乾淨一點。再說，我又不是跟你講話。」他轉頭對報童說話，壓低了聲音，像是說什麼悄悄話似的。「別理他，好嗎？」

報童狐疑地點頭。

「事情是這樣的，」漢子往下說。「我這個人對很多事都有感覺。我這一輩子總是會遇上一件又一件讓我難忘的事情。像是月光啦，漂亮女孩的腿啦。一樁又一樁。不過重點是我每次欣賞什麼，就好像有一種很特別的感覺鬆鬆的圍繞著我。沒有什麼能綁得牢靠，也沒有什麼能填補。女人？我也沒少過。還是一樣。事過之後，那種感覺還是鬆鬆的包圍住我。我這個人從來沒有戀愛過。」

他很慢很慢閉上眼睛，那樣子就像是在戲劇的結尾拉起了布幕。等他再開口，他的聲音興奮，話也說得很快，連他大大鬆鬆的耳垂都似乎在抖動。

「後來我遇見了這個女人。那年我五十一，而她老是說她三十歲。我在加油站遇見她的，不到三天就結婚了。你知道那是什麼滋味？我也說不上來。我只知道我以前有過的感覺都凝聚在這個女人周圍。我心裡再也沒有什麼鬆脫的地方了，都被她給綁了個結結實實的。」

漢子突然又不說了，只輕撫著長鼻子。他壓低了聲音，語氣平穩、滿是自責。「我解釋得不對。事情是這樣的，我的心裡既有這些美麗的感覺，也有那些鬆鬆的、小小的喜悅。而這個女人就像是我的靈魂裡的組裝線。我把自己一小塊一小塊輸送到她那兒，最後變成一塊完整的東西出來。這樣說你懂嗎？」

「她叫什麼名字？」報童問。

「喔，」他說。「我叫她荳荳，不過這不重要。」

「你有沒有想辦法找她回來？」

漢子似乎沒聽見。「像這樣的情況，你可以想像得到她離開我的時候，我是什麼心情。」

里歐把烤架上的培根拿起來，對折夾進圓麵包裡。他的一張臉灰灰的，眼睛瞇成兩條縫，鼻子又小又窄，兩邊還隱隱泛藍。一個棉廠工人招手要再來一杯咖啡，里歐幫他倒滿。他這裡續杯可不是免費的。織工每天早晨都在這裡吃早餐，可是里歐跟客人愈熟，對客人也愈小器。他自己拿著麵包吃了起來，卻好像是吃自己的肉一樣捨不得。

「你一直都沒找到她嗎？」

報童不知道該怎麼看這個人，他稚氣的臉上表情不是很肯定，混合著好奇和懷疑。他當報童的時間還不算長；每天一大清早就摸黑出門，在城裡東奔西跑，在他來說還是很新奇。

「沒，」漢子說。「我採取了一些步驟想找她回來。我到處尋找她的下落，跑到突沙市，她親戚住在那兒。還到過莫比爾。我跑遍了她跟我提起過的每一個城鎮，也找過了之前跟她有關係的每一個男人。土爾沙、亞特蘭大、芝加哥、奇霍、孟菲斯。……差不多兩年的時間，我跑遍了全國各地，想要找出她的下落。」

「可是那對狗男女卻從地球表面消失了！」里歐說。

「別聽他的，」漢子很親密的說。「順便把那兩年也忘了，不重要。重要的是差不多第三年就發生了一宗怪事。」

「什麼事？」報童問。

漢子低頭，把馬克杯一傾，啜了一口啤酒。沒有立刻抬頭，但是鼻翼卻微微扇動，嗅著走了味的啤酒，卻沒有喝。「眞的，愛情這玩意還眞是奇怪。起初我一心一意只想要找她回來，像是鬼迷了心竅。日子一天天過去，我想要記得她的模樣，可是你猜怎麼著？」

「怎麼樣？」報童說。

「我在床上躺下來，想要想起她，心裡竟然是一片空白。我看不見她的模樣。我會拿出她的照片來看，沒用，一點也沒用。還是一片空白。你能想像嗎？」

「喂，麥克！」里歐對著櫃檯那邊喊。「你能想像這個白痴的腦袋一片空白嗎！」

漢子像是趕蒼蠅一樣，慢慢揮了揮手。綠眼很專注，盯著報童小小的臉龐。

「人行道上一片玻璃，或是音樂盒只值一毛錢的一首歌。夜晚牆壁上的一條影子。這些我都會記得。我可能是走在路上遇到，然後我就會哭，或是腦袋撞上路燈柱。你聽懂了嗎？」

「一片玻璃……」報童說。

「什麼都行。反正我會走來走去，卻一點也沒辦法想起她來。你以爲你可以豎起什麼盾牌。可是記性卻不會面對面朝你過來——而是拐彎抹角的來。我完全是被看到的東西、聽到的東西擺佈。後來突然之間就變成了不是我東奔西跑在找她，換成她在我自己的心裡追著我到處跑了。她追我，你聽清楚了！在我的心裡。」

報童終於說：「你跑過哪些地方？」

「哎，」漢子呻吟。「我病了。就像是染上了天花。我承認，孩子，我好酒貪杯，跟人私通，只要心血來潮，我愛幹什麼就幹什麼，管他是不是傷風敗俗。我很不願意承認，可是我還是會老老實實說出來。我回想起那段時間，全都在我的心裡凝固變餿了，太恐怖了。」

漢子低下頭，拿額頭敲櫃檯。有幾秒鐘，保持這個姿勢不動，青筋外露的頸子被橘色髮絲覆住，十根又長又歪的手指交錯，掌心對掌心，像是在祈禱。接著漢子挺直腰，臉上帶著笑，突然間神色一亮，臉上的肉在輕顫，而且顯得很蒼老。

「事情發生在第五年，」他說。「從那時起，我就開始研究這門學問了。」

里歐的嘴動了動，扯出一抹訕笑，一閃即逝。「我們這些老小子哪一個還能愈活愈回去。」他說。說完莫名其妙又發火了，把手上擦盤子的抹布團成一球，用力摔在地上。「你他媽的拖泥帶水的老羅密歐！」

「發生了什麼事？」報童問。

老漢的聲音既高昂又清晰：「天下太平。」他答覆。

「啊？」

「用科學來解釋很難說得清，孩子，」他說。「我認爲邏輯上的解釋是這樣的：我跟她是繞著彼此逃跑，跑得太久了，最後兩個人纏繞到一塊，躺了下來，放棄了。天下太平。古怪卻美麗得茫然。那時我是在波特蘭，正好是春天，每天下午都下雨。我整個傍晚就躺在床上，也不開燈。這門學問就這樣子蹦了出來。」

電車的窗戶被燈光映成了淡藍色。兩名阿兵哥付了啤酒錢，打開門。一個阿兵哥在出門前梳理了頭髮，擦淨泥濘的綁腿。三名棉廠工人默默吃著早餐。里歐的鐘在牆上滴答響。

「是這樣的，仔細聽好了。我苦苦思索愛情這玩意，終於想出了一個道理來。我明白了我們究竟是哪裡出了錯。男人第一次戀愛，是跟誰戀愛？」

報童柔軟的嘴半開著，卻沒有作聲。

「跟女人，」老漢說。「既缺學問，又缺依恃，男人卻一頭栽進了在上帝的地球上最危險也最神聖的經驗。男人愛上了一個女人。我說得對嗎，孩子？」

「對。」報童模糊的說。

「男人一開始就愛錯了邊，他們從高潮開始愛。你還能奇怪爲什麼愛情會這麼淒慘嗎？你知道男人應該怎麼愛才對？」

老漢伸出手，揪住了報童的皮衣衣領，輕搖了他一下，綠眸眨也不眨，嚴肅地盯住他。

「孩子，你知道愛情應該怎麼開始嗎？」

報童縮著身體，專心聽著，一動不動，終於緩緩搖頭。老漢靠過去，低聲說：

「一棵樹。一塊石。一片雲。」

街上雨勢仍不斷：柔柔的、灰灰的、連綿的雨。工廠的汽笛響起，六點交班的時候到了，三名織工付了錢離開。咖啡館裡沒別的客人了，只剩下里歐、老漢、小小的報童。

「波特蘭的天氣就像這樣，」他說。「在我的學問開始的時候。我左思右想，我開頭得很小心。我會從街上隨便撿個什麼，帶回家去。我買了一隻金魚，全心全意看顧牠，而且我愛牠。我一樣接一樣東西畢業。日復一日我慢慢學會了這個竅門，在從波特蘭到聖地牙哥的路上——」

「喔，閉嘴！」里歐突然大聲吼。「閉嘴！閉嘴！」

老漢仍揪著報童的衣領；他全身發抖，臉色既眞誠又明亮又古怪。「六年了，我一個人東飄西蕩六年來，研究我的學問。現在我是大師了。孩子。我可以什麼都愛，連想都不用多想。

我看見一條滿滿是人的街，心裡就會射進一束漂亮的光。我看見天空一隻鳥，或是在路上遇見一個旅人。什麼東西都好，孩子。什麼人都好。每個都是陌生人，我也每個都愛！你明白像我這門學問有多意義重大嗎？」

報童全身僵硬，兩手緊握著櫃台邊緣。好不容易才說：「你到底有沒有找到那位女士？」

「什麼？你說什麼，孩子？」

「我說，」報童怯生生地問，「你有沒有再跟別的女人談戀愛？」

老漢放開了報童的衣領，轉過身去，而且綠眸第一次出現模糊散亂的眼神。他舉起了櫃檯上的馬克杯，喝盡了黃黃的啤酒，慢慢搖頭。最後回答：「沒有，孩子。這是我這門學問裡的最後一步。我小心的走，而且我也還不算準備好了。」

「哈！」里歐說。「哈，哈，哈！」

老漢站在敞開的門口。「記住，」他說。襯著外頭清晨又灰又濕的光，他看來萎縮、憔悴、羸弱。「記住，我愛你。」他說，最後一次點頭，門就在他背後靜靜關上了。

報童好長一陣子沒吭聲，把額前的頭髮往下拉，一根骯髒的食指在空杯杯沿上劃，沒有抬頭看里歐，開口問道：

「他是不是醉了?」

「沒。」里歐簡短地說。

報童把清脆的聲音再拉高。「那他是不是騙子?」

「不是。」

報童抬頭看著里歐，平平的小臉很絕望，聲音又急又尖。「他是不是瘋子?你覺得他是不是神經病?」報童的聲音猛然下降，充滿了懷疑。「里歐?是不是?」

可是里歐並沒有回答。里歐經營徹夜不打烊的咖啡館有十四個年頭，自認是個辨別瘋子的能手。晚上晃進他店裡的有小城居民，也有過客。他知道這些人的心魔都是些什麼，可是他不想答覆這個等待答案的孩子。他蒼白的臉一緊，沉默不語。

報童只好拉下右邊的護耳片，轉身離開，不忘說句他認爲最安全的評論，唯一不會遭到取笑和輕視的話：

「至少他這個人一定跑過不少地方。」

THE
BALLAD
OF THE
SAD CAFE
傷心咖啡館
之歌
卡森・麥卡勒斯
CARSON MCCULLERS

你如何購買大田出版的書？

這裡提供你幾種購書方式，讓你更方便擁有知識的入口。

一、書店購買方式：

你可以直接到全省的連鎖書店或地方書店購買，

而當你在書店找不到我們的書時，請大膽地向店員詢問！

二、信用卡訂閱方式：

你也可以填妥「信用卡訂購單」傳真到04-23597123

（信用卡訂購單索取專線04-23595819轉230）

三、郵政劃撥方式：

戶名：知己圖書股份有限公司　　帳號：15060393

通訊欄上請填妥叢書編號、書名、定價、總金額。

四、晨星網路書店購書方式：

一般會員——不論本數均為9折，購買金額600元以下需加運費50元。

VIP會員——不論本數均為76折，購買金額600元以下需加運費50元。

目前的付款方式：1.線上刷卡（網路上會有說明）2.信用卡傳真3.劃撥（大田帳號15060393／戶名：知己圖書股份有限公司）4.ATM銀行代號013（國泰世華中港分行064033007581）

五、購書折扣優惠：

10本以下均為9折，購買金額600元以下需加運費50元；團訂10本以上可打八折，但不能在網路上下單，可以直接劃撥或用信用卡訂購單傳真或ATM的方式。

六、購書詢問方式：

非常感謝你對大田出版社的支持，如果有任何購書上的疑問請你直接打服務專線04-23595819轉分機230或傳真04-23597123，以及Email:service@morningstar.com.tw

我們將有專人為你提供完善的服務。

大田出版天天陪你一起讀好書！

歡迎光臨大田網站 http://www.titan3.com.tw

可以獲得最新最熱門的新書資訊及作者最新的動態，如果有任何意見，

歡迎寫信與我們聯絡titan3@ms22.hinet.net。

歡迎光臨納尼亞傳奇中文官方網站 http://www.titan3.com.tw/narnia

編輯病部落格 http://blog.pixnet.net/titan3

編輯也噗浪 http://www.plurk.com/titan3/

大田出版在臉書 http://www.facebook.com/titan3publishing

智慧田 095

傷心咖啡館之歌

卡森・麥卡勒斯◎著
趙丕慧◎譯

發行人：吳怡芬
出版者：大田出版有限公司
台北市106羅斯福路二段95號4樓之3
E-mail:titan3@ms22.hinet.net　http://www.titan3.com.tw
編輯部專線（02）23696315　傳真（02）23691275
【如果您對本書或本出版公司有任何意見，歡迎來電】
行政院新聞局版台業字第397號
法律顧問：甘龍強律師

總編輯：莊培園
主編：蔡鳳儀　編輯：蔡曉玲
企劃行銷：蔡雨蓁　網路行銷：陳詩韻
校對：趙丕慧／蘇淑惠／陳佩伶
承製：知己圖書股份有限公司・(04)23581803
初版：二〇一〇年（民99）四月三十日　定價：新台幣 220 元
總經銷：知己圖書股份有限公司　郵政劃撥：15060393
（台北公司）台北市106羅斯福路二段95號4樓之3
電話：(02)23672044／23672047・傳真：(02)23635741
（台中公司）台中市407工業30路1號
電話：(04)23595819・傳真：(04)23595493
國際書碼：978-986-179-166-1 /CIP：874.57 / 99001706

國家圖書館出版品預行編目資料

傷心咖啡館之歌／卡森・麥卡勒斯著；趙丕慧譯
——初版——臺北市：大田，民99
面；公分.——（智慧田；095）

ISBN 978-986-179-166-1（平裝）

874.57 99001706

廣告回郵
北區郵政管理局登記證北台字1764號
免貼郵票

*請沿虛線剪下，對摺裝訂寄回，謝謝！

To：大田出版有限公司　編輯部收
地址：台北市 106 羅斯福路二段 95 號 4 樓之 3
電話：(02) 23696315-6　傳真：(02) 23691275
E-mail：titan3@ms22.hinet.net

地址：……………………………………

姓名：……………………………………

大田精美小禮物等著你！

只要在回函卡背面留下正確的姓名、E-mail和聯絡地址，
並寄回大田出版社，
你有機會得到大田精美的小禮物！
得獎名單每雙月10日，
將公布於大田出版「編輯病」部落格，
請密切注意！

大田編輯病部落格：http://titan3.pixnet.net/blog/

智 慧 與 美 麗 的 許 諾 之 地

＊請沿虛線剪下，對摺裝訂寄回，謝謝！

閱讀是享樂的原貌，閱讀是隨時隨地可以展開的精神冒險。
因爲你發現了這本書，所以你閱讀了。我們相信你，肯定有許多想法、感受！

讀者回函

你可能是各種年齡、各種職業、各種學校、各種收入的代表，
這些社會身分雖然不重要，但是，我們希望在下一本書中也能找到你。
名字／＿＿＿＿＿＿ 性別／□女 □男 出生／＿＿年＿＿月＿＿日
教育程度／＿＿＿＿＿＿＿＿
職業：□學生 □教師 □內勤職員 □家庭主婦
□SOHO族 □企業主管 □服務業 □製造業
□醫藥護理 □軍警 □資訊業 □銷售業務
□其他＿＿＿＿＿＿
E-mail/＿＿＿＿＿＿＿＿＿＿＿＿ 電話/＿＿＿＿＿＿＿＿
聯絡地址:＿＿＿＿＿＿＿＿＿＿＿＿＿＿＿＿
你如何發現這本書的？ 書名：傷心咖啡館之歌
□書店閒逛時＿＿＿＿書店 □不小心在網路書站看到（哪一家網路書店？）＿＿＿＿
□朋友的男朋友（女朋友）灑狗血推薦 □大田電子報或網站
□部落格版主推薦＿＿＿＿＿＿＿＿＿＿＿＿
□其他各種可能，是編輯沒想到的＿＿＿＿＿＿＿＿＿＿
你或許常常愛上新的咖啡廣告、新的偶像明星、新的衣服、新的香水……
但是，你怎麼愛上一本新書的？
□我覺得還滿便宜的啦！ □我被內容感動 □我對本書作者的作品有蒐集癖
□我最喜歡有贈品的書 □老實講「貴出版社」的整體包裝還滿合我意的 □以上皆非
□可能還有其他說法，請告訴我們你的說法
＿＿＿＿＿＿＿＿＿＿＿＿＿＿＿＿＿＿＿＿＿＿＿＿
你一定有不同凡響的閱讀嗜好，請告訴我們：
□哲學 □心理學 □宗教 □自然生態 □流行趨勢 □醫療保健
□財經企管 □史地 □傳記 □文學 □散文 □原住民
□小說 □親子叢書 □休閒旅遊 □其他＿＿＿＿＿＿＿＿

一切的對談，都希望能夠彼此了解，
非常希望你願意將任何意見告訴我們：

大田出版有限公司編輯部 感謝您！